소설가는 늙지 않는다

소설가는 늙지 않는다

현기영
산문

다산
책방

© 노순택

3부

당신, 왜 그 따위로 소설을 쓰는 거요

4부

늙으면 흙내가 고소해진다는 말

1부

인생길 끝에 무엇이 있는지 뻔한데
뭐, 그렇게 힘들게 갈 것 있나

노년

　　노년은 도둑처럼 슬그머니 갑자기 온다. 인생사를 통하여 노년처럼 뜻밖의 일은 없다. 아등바등 바삐 사느라고 늙는 줄 몰랐다. 그래서 누구나 처음에는 자신의 몸속에 진행되는 늙음을 부정하고 거부하려고 한다. 늙음의 끝에 죽음이 있기 때문이고, 죽음을 인정하고 싶지 않기 때문이다. 아니, 나로서는 죽음 그 자체는 그리 두렵지 않은 것 같은데, 죽어가고 있음을 아는 것이 고통스럽다. 이빨이 하나 흔들리다가 빠질 때는 고개를 갸우뚱했다가, 두 개가 빠지자 그제야 아하, 내가 늙었구나! 하는 괴로운 탄식이 입 밖으로 새어나온다. 눈시울도 입꼬리도 점점 아래로 처진다. 코 아래로, 양쪽 입꼬리 아래로 여덟팔자의 금이 새겨지는데, 바로 이 금이 부당하게도 멀쩡한 사람을 우울하고 무뚝뚝한 표정으로 만들어버린다. 성샘이 점점 말라가기 때문에 그럴까? 지하철에서, 엘리베이터 속에서 향긋하기만 하던 젊은 여자의 짙은 화장품 냄새가 이제는 살충제의 유독성 기체처럼 참을 수 없을 정도로 싫어진다. 몸이 점점 무거워지고 내 몸을 끌어당기는 지구 중력이 두려워진다. 어느 날 중력에 완전히 굴복하여 잔디 이불을 뒤집어쓰고 누워버린 나 자신의 모습이 눈에 선하다.

특히 정년을 맞아 일에서 쫓겨났을 때, 노년은 더욱 갑작스럽게 느껴진다. 평생 시간에 쫓기면서 시간의 노예로 살아온 탓에, 이제 그 시간에서 해방되었음에도 전혀 해방감을 느끼지 못한다. 오히려 이전보다 더 심하게 시간의 압박을 받는다. 이제 나에게 남은 건 시간뿐이기 때문이다. 날마다 너무도 많은 시간이 백치의 공허한 표정으로 밀려온다. 일이 빠져나간 빈껍데기 시간들, 그 공허한 시간 속에 전에 없이 자주 출몰하는 것은 죽음의 그림자다. 그러니까 지난 시절 나는 내 몸속의 죽음을 잊기 위해 그렇게 시간에 쫓기며 바쁘게 살았던가보다. 죽음의 인식은 이제 나를 우울하게 하고 슬프게 한다. 사회 명사로 활동했던 이들은 더욱 마음이 심란할 것 같다. 그들 대부분은 자기 이름의 노예로서 일생을 살아온 터여서 세상이 그 이름을 잊는 걸 무엇보다도 두려워한다. 이름이 지워질 때의 정신적 고통, 그 쓰디쓴 절망감은 다름 아닌 죽음 그 자체다. 그래서 이름이 높은 사람일수록 두 번의 죽음을 겪게 되는 것이다.

어쨌거나 노경에 이르면 지난날의 삶이 슬픔을 두려워하고 눈물을 외면한 삶이었음을 깨닫게 된다. 슬픔을 외면한다는 것은 죽음을 외면한다는 뜻이다. 이제 노년의 나에게 슬픔이 자주 찾아온다. 늙으면 성샘은 줄고, 눈물샘이 더 발달하는 것일까? 걸핏하면 눈물이 난다. 티브이 홈드라마가 제공하는 가짜 슬픔에도 자주 눈물을 글썽인다.

슬픔에는 여러 가지 슬픔이 있지만, 궁극적으로 그것들은 한 가지 슬픔, 즉 자신의 죽음에 대한 슬픔이다. 겨울에 얼어 죽은 새를 슬퍼하는 것도, 남의 슬픔에 눈물짓는 것도 모두 나 자신을 향한 것이다. 가멸(可滅)의 존재인 자신에 대한 연민의 표현이다. 자칫 그 슬픔에 함몰되면 우울증 환자가 되기 쉽기 때문에 사람들은 죽음을 달래고 슬픔을 다스리기 위해서 나름대로 애쓴다. 그렇게 해서 죽음을 견딜 만한 우수(멜랑콜리)로 바꿔 놓기도 한다. 페르시아의 옛 시인 오마르 하이얌이 포도주 잔을 들고 우수에 젖은 목소리로 이렇게 노래한다.

"오직 하나만은 확실하고 나머지는 거짓이다. 즉 한 번 피어난 꽃은 언젠가는 시든다는 것이다."

그래서 이제 나는 내 안의 죽음을 달래기 위해 도시 밖으로 자주 나간다. 자연은 노년과 잘 어울린다. 조만간 돌아가야 할 곳이 거기이기 때문에 더욱 그럴 것이다. 노경에 이른 많은 사람들이 자연을 재발견하고 거기에서 기쁨을 얻고 있다. 자연을 가까이하면, 옛사람의 생사관이 옳았음을 깨닫게 된다. 자연의 일부로 살았던 옛사람들은 죽어 흙으로 돌아가는 것을 자연스러운 일이라고 생각했다. 그들은 자연의 한 분자이면서 동시에 종족 집단의 한 분자로서 존재했다. 개인성을 상대적으로 덜 중요시했던 그 사회에서 개인의 죽음은 종족 집단의 지속성에 의해 보상받는다고 생각했다. 그렇지! 죽은 후 나의 유전자는 두 방향으로 전달될 것이다. 한쪽은 종족의 한 분자로서 후손에게 전달되고, 다른 쪽은 자연의 한 분자로서 초목과 곤충에 전달된다. 죽어서 땅속 애벌레의 밥이 된다고 탄식하지 말자. 셰익스피어의 『햄릿』은 우리가 죽으면 벌레 먹이밖에 더 되느냐고, '벌레가 우리 육체의 상속자'라고 탄식하지만 말이다.

　　인간은 자기 자신을 먹이기 위해 다른 동물들을 살찌우지. 그리고 인간은 죽어서
　　구더기들의 먹이가 되기 위해 자신을 살찌우는 거야. 살찐 왕

과 여윈 거지는 다만

　한 식탁에 오른 두 쟁반의 요리일 뿐이야.

　하기는 부자나 빈자나 죽음 앞에서는 평등하다. 생의 끝에서 누구나 평등하게 죽음을 배급받는다. 그러나 햄릿의 이 탄식은 잘못되었다. 죽음은 끝이 아니라 또 다른 시작이기 때문이다. 나의 시신이 땅속에서 곤충 애벌레의 먹이가 되고, 물에 분해되어 초목의 뿌리에 흡수되는 것은 오히려 다행스러운 일이 아닌가. 죽어도 나는 사라지는 게 아니다. 내 몸이 지녔던 원소들이 그것들에 흡수되어 재결합되고 그 일부가 되는 것이다. 재결합하여 때가 되면 무덤 위의 할미꽃이 되고, 그 꽃에 앉은 호랑나비가 될 수도 있다. 나비로의 환생, 그것은 불행이 아니라 기쁨이다!

　도시를 등지고 거친 들판으로 간다. 야생의 기운이 상쾌하게 이마에 부딪친다. 욕망 쾌락 분노 음모 투쟁 따위는 도시의 것이다. 그 소음들이 점점 멀어져 간다. 거기서 멀어진다는 것은 처음엔 마치 쫓겨난 것처럼, 왕따 당한 것처럼 마음이 울적해진다. 그러나 그 울적함이 차츰 쓸쓸함으로, 호젓함으로 바뀌었다가 나중엔 홀가분함이 된다. 리비도, 욕망에서 벗어난 홀가분함이다.

도시를 떠나 자연 속에 가면 맑은 햇빛, 맑은 바람이 가슴속 우울한 그림자를 쫓아내준다. 형편없이 오그라들었던 폐가 기분 좋게 부풀어 오른다. 노년도 젊음 못지않게 즐겁고 아름답다고 생각한다. 활활 타오르는 장작불만이 아름다운 것은 아니다. 장작불이 잦아들어 잉걸불이 되었을 때, 조용히, 침착하게, 은근히 사위어가는 불은 또 얼마나 아름다운가! 앉은뱅이 작은 노랑제비꽃과 재회하기 위해서 다소곳이 허리를 굽혀 들여다본다. 어린 시절에 봤던 꽃이지만 마치 처음 본 것처럼 너무도 새롭고 신기하다. 노년이 그것을 일깨워준다. 마치 나 자신이 다시 태어난 듯하다.

때는 늦가을 오후, 해가 서편 하늘에 기울어져 있다. 황색과 갈색으로 물든 풀밭과 나무들, 푸른 하늘엔 눈부시게 흰 구름들이 떠 있고, 맑은 시냇물이 물비늘을 반짝이며 흘러간다. 단풍 든 초목들은 빗겨 비치는 햇빛 속에 더욱 아름답게 빛난다. 단풍은 어느 시인의 시구처럼 '초록이 지쳐 단풍 드는' 것이 아니라 초록의 생명이 마지막 정열로 뿜어낸 절정의 환희일 것이다. 한 해를 마감하는 저 들판이 아름답듯이 인생의 노년도 충분히 아름다울 수 있다고 우리는 생각한다. 노년은 갑자기 놀랍게, 두렵게 마감되는 게 아니라 저 금빛의 풀밭과 단풍 든 나무들처럼 아름다운 모습으로 서서히

소설가는 늙지 않는다

사라져가는 것이다.

조락(凋落)의 시간, 갈색 단풍잎 하나가 잔풍한 대기 속에서 천천히 뱅글뱅글 맴돌면서 낙하한다. 그 뒤로 고추잠자리 한 마리 조용히 빗금을 그으면서 낙하한다. 잔디 위에 가볍게 얹힌 고추잠자리, 네 날개를 가지런히 편 아름다운 자세, 날개들이 미약하게 바르르 떤다. 마지막 경련. 그리고 마침내 정적, 한 생애가 끝나는 순간이다. 단풍잎 또 하나 할랑거리며 떨어진다.

오마르 하이얌이 다시 노래를 부른다.

"마시게! 네가 어디서 왔는지, 왜 왔는지 모르니, 마시게! 네가 왜 가야 하고 어디로 가야 하는지 모르니, 마시게!"

오늘도 걷는다마는

　일요일이면 북한산에서 산행 핑계로 술이나 퍼먹으면서 삼십 년 가까운 세월을 보내던 우리 산행 팀은 늘그막에 어쭙잖게 한번 용기를 내어 안나푸르나 트레킹에 올랐다. 왕복 12일 동안, 매일 열 시간 이상 걸어야 하는 힘겨운 노정이었다. 일행은 모두 열 명이었다. 도시의 소란 속에 이리저리 바삐 움직이던 우리의 몸과 마음은 그 모든 일에서 벗어나, 먼 이역 땅 오지에서 오직 걷는 일에만 열중했다. 휴대전화를 두고 왔는데도 처음엔 허벅지에 투르르, 진동음 울리는 듯한 착각이 들어 깜짝 놀라기도 했는데, 그럴 정도로 시간의 노예였던 우리는 차츰 시간을 잊어가면서, 세상에서 가장 느린 자가 되어 산길을 더위잡고 허위허위 올라갔다.

길은 외줄기, 트레일이었고, 그 길의 아득한 끄트머리에 목적지인 해발 4,130미터의 안나푸르나 베이스캠프가 있었다. 그리고 바로 그 근처의 빙하에서 발원한 모디콜라 강이 깊은 계곡 아래에서 흘러가고 있었는데, 우리가 가는 길은 그 계곡의 천 길 낭떠러지 위에 떠 있는 가냘픈 트레일이었다. 외줄기 그 좁은 길 위에서 우리는 일렬로 늘어서서 터벅터벅 걸어갔다. 깊은 계곡의 푸른 강물은 신비로웠고, 산비탈의 계단식 논밭들은 모자이크 그림처럼 아름다웠다. 동백꽃 닮은 붉은 랄리구라스 꽃의 아름다움도 인상적이었다. 그러나 아쉽게 우리는 그 아름다운 것들을 제대로 눈에 담아보지도 못한 채 그냥 스쳐 지나가야만 했다. 우리는 갈 길이 먼 고달픈 나그네였으니까. 길이 너무 좁고 위태로워 앞사람의 발뒤축에만 시선을 꽂은 채 한참 걸어가야 할 때도 많았다. 우중에도 걸어야 했고, 나중에는 높은 고도에서 진눈깨비를 맞기도 했다.

그렇게 12일 동안 걸었다.

시간도 잊고, 늘 중구난방이었던 말도 잊은 채 침묵 속에서 터벅터벅 걸어간다. 일박한 어느 롯지에서 배운 네팔 민요 레삼삐리리를 낮게 흥얼거리며 간다. '내 마음은 흰 비단처럼 바람에 나부끼네'라는 뜻이다. 우리는 가다가 가끔씩 편마암 석판 지붕의 허름한 집들을 만난다. 오고 가는 짐꾼들이 쉬기 좋게 길가 몇 군데 편마암

석판들을 쌓아놓고 있어 우리도 그 쉼팡 위에서 잠시 엉덩이를 붙인다. 까무잡잡한 얼굴의 사람들이 집 마당과 텃밭에서 일하고 있다. 그들의 눈빛은 그들이 기르는 소의 눈빛과 비슷하고 움직임도 소처럼 느리다. 그들의 시간은 바람 없는 한낮의 느린 대기처럼 한없이 느리다. 오늘이 어제 같고, 내일이 오늘 같다. 욕망이 살 수 없는 곳, 시간은 느리고 무사하고 평온하게 흘러간다. 인간 삶의 본래 모습이다. 거기에선 죽음도 자연스럽고 평온하게 온다. 죽음이 다가와 있음이 분명한 한 노인이 맞은편 쉼팡 위에 엎드려 따뜻한 햇볕을 등에 쬐고 있는데, 조금도 고통의 빛이 없다. 땅은 인간을 평생 동안 아래로 끌어당긴다. 점점 기운이 쇠약해져서 마침내 그 중력을 견딜 수 없어 엎드려버린 노인, 조만간에 그는 자연스럽게 땅속으로 빨려 들어갈 것이다. 우리는 다시 걷기 시작하면서 그들에게 손을 흔든다. 침묵에 익숙한 사람들, 순진한 눈빛과 미소가 말을 대신한다. "나마스테!" 하고 인사를 하면, 돌아오는 건 말이 아니라 은근한 미소. 우리는 그들의 침묵을 배우면서 계속 터벅터벅 걸어간다.

그래서 그 고달픈 노정은 충분히 인생길의 메타포가 될 만했다. 길은 인생의 우여곡절처럼 산굽이를 돌고 오르락내리락 하면서 우리를 녹초로 만들어놓곤 했다. 그 길 위에는 랄리구라스가 만발한

늦봄이 있었고, 만년설의 겨울도 있었다. 우리는 사계절을 모두 겪으면서 계속 걸어갔다. 오직 걷는 것만이 우리의 목적이었다. 고개를 숙인 채 할딱할딱 하는 앞사람의 신발 뒤축을 보면서 걷노라면, 저절로 유행가의 한 대목이 떠오르곤 했다.

오늘도 걷는다마는 정처 없는 이 발길
지나온 자국마다 눈물 고였소.

부동의 조용한 풍경 속에서 문득 세 아이가 내달린다. 풍경을 흔드는 한 줄기 시원한 바람 같다. 그 아이들이 타작마당에 뛰어들어 장난 삼아 닭들을 쫓는다. 햇빛 속에 자란 닭들이라 털빛이 눈부시게 곱다. 그중 한 여자아이가 우리를 향해 레삼삐리리를 부른다. '내 마음은 흰 비단처럼 바람에 나부끼네.' 우리도 그 노래를 흥얼흥얼 따라 불러본다. 그래, 그랬지. 나의 저 먼 과거에서 한 떼의 아이들이 함께 어울려 조잘거리고 노래 부르며 인생길을 걸어가기 시작했지. 길 위에 쏟아지는 눈과 비, 폭염의 시련을 견디며 우리는 자라나 장년을 누리고 그러고는 차츰 늙어갔지. 인생길, 그 길을 한참 가다가 낙오자들이 하나둘씩 생겨났지. 일찍 세상을 뜬 그들을 생각하니 눈시울이 뜨거워진다. 술을 좋아했던 그들, 느닷없이 들이닥친 죽음, 암의 급습. 처음엔 죽음을 인정하지 않으려고 그들은 얼마나 전전긍긍했던가. 그러다가 마침내 포기했을 때 그들의 얼굴은 또 얼마나 편안했던가. 힘들어서 더 이상 못 가겠으니 너희들만 갔다 와, 하고 웃으면서 길가에 주저앉아버렸지. 인생길 끝에 무엇이 있을지 뻔한데, 뭐 그렇게 힘들게 갈 것 있나, 하면서 그들은 씩 웃었지. 고개를 숙인 채 걸어가면서 나는 눈물방울을 떨어뜨린다. 그래, 그들은 죽은 게 아니라, 지금도 길가 어디에서 지금도 쉬고 있을 거야. 어느 주막에서 아직도 술 마시고 있을 거야.

마침내 우리는 만년설의 비경 속으로 들어갔다. 계곡의 맞은편, 깎아지른 절벽에 걸린 빙하 폭포, 그 흰 물줄기가 바람에 휘날리고, 그 뒤로 멀리 신비로운 설산 마차푸차레가 푸른 하늘에 흰 눈보라를 수평으로 날리면서 우뚝 서 있었다. 빙하 폭포도, 설산 정상의 눈보라도 바람에 날리는 거대한 흰 색 비단 폭, 레삼삐리리였다. 과연 비상한 아름다움이었다. 그러나 우리가 본 것은 그러한 아름다움만이 아니었다. 띄엄띄엄 웅크리고 있는, 독거미처럼 털북숭이의 험상궂은 식물들을 끝으로 초목의 자취가 사라진 만년설 속 해발 4,130미터의 안나푸르나 베이스캠프, 우리가 걸어온 길은 거기에서 끝나고 있었다. 거기에서 우리는 언젠가 찾아올 우리 몫의 죽음을 보았다. 생명한계선, 그 이상은 생명을 거부하는 혹한의 고지

소설가는 늙지 않는다

대였다. 순백의 눈, 눈보라, 눈사태만이 있는 곳. 죽음, 무한, 영원이 거기에 있었다. 인생길 끝에 무엇이 있는지 뻔한데, 뭐 그렇게 힘들게 갈 것 있나, 하고 그들은 씨익 웃었지.

폐가

얼마 전에 나는 고교 동창 한 녀석과 함께 동강 근처를 트레킹한 적이 있었는데, 어라연 계곡의 아름다운 풍광도 좋았지만, 그보다 더 인상적이었던 것은 어쩌다 길을 잃고 한 시간쯤 헤매다가 만난 풀숲 속의 폐가였다. 꽤 오랫동안 국가도 전쟁도 찾아내지 못했을 것 같은 깊은 산속의 외딴집이었다.

그 집은 완만한 경사의 산비탈을 깎아 만든 좁은 터에 자리 잡고 있었다. 반쯤 허물어진 채 풀숲에 점령당한 조그만 너와지붕의 토담집이었다. 죽음이 임박한 늙은 소가 뒤로 털썩 주저앉은 채 마지막 숨을 내쉬고 있는 꼴이라고 할까. 거기에 이르는 길도 풀숲으로 지워져 있어, 지팡이로 앞을 헤치면서 다가가야 했다. 마당이었던 곳은 억새, 쑥, 솔새 따위 거친 야초들이 가득하고, 그 한가운데 이깔나무 한 그루 솟아났다. 집 뒤의 나무숲에서 날아온 씨앗에서 싹튼 게 분명한데, 줄기 굵기로 미루어 그 집은 버려진 지 사오 년쯤 되었을 것 같았다.

나는 폐가 주위를 돌며 연방 카메라 셔터를 눌렀다. 좁다란 방하나에 마루, 부엌, 그리고 부엌 옆에 외양간이 딸려 있는 네 칸 집이었다. 완전히 무너져내린 부엌과 외양간 자리는 무성한 여름풀의 차지였는데, 그 풀 속에 굵은 통나무를 우벼낸 구유통이 나뒹굴고, 그 위로 기둥과 서까래 들이 허옇게 바랜 뼈처럼 서로 엇갈려비스듬히 쓰러져 있었다. 돌쩌귀에서 떨어져 나온 안방의 지게문과 마루와 부엌의 널문도 풀 속에 파묻혀 썩어가고, 그 풀숲 위를기어온 칡넝쿨들이 아직 퇴락이 덜 된 안방을 침범해 들어가는데, 안방의 천장 네 귀퉁이에는 마치 천장의 무너짐을 막겠다는 듯이거미줄들이 그물처럼 늘어져 있었다.

나는 다시 잡풀이 무성한 마당으로 나와 폐가 전체를 카메라에담았다. 주위는 바람 한 점 없이 고요한데, 강렬한 햇볕에 독한 풀냄새가 물컥물컥 풍겨왔다. 문득 그 폐가에서 뭔가 어렴풋이 도사리고 있는 듯이 느껴졌다. 흔히 폐가에서 느껴지는 그런 으스스함이 아니라 뭔가 어렴풋한 애틋함이다. 우리가 폐가에서 귀기가 서려 있는 듯 으스스한 느낌을 받는 것은 부지불식간에 집을 그 안에 거주하는 인간처럼, 영혼을 지닌 생명체처럼 생각하기 때문일 것이다. (내가 그 폐가를 보자마자, 뒤로 쓰러져 죽어가는 늙은 소를 연상한 것도 아마 그 때문이었으리라.) 그래서 더 이상 사람이 살지 않는 폐가는 인간의 사체처럼 혐오스럽고 두렵게 느껴지는 모양이다.

그러나 그 폐가는 전혀 다른 느낌을 주었다. 버려진 지 오래된 그 집은 세월의 풍화작용 속에서 거의 물질 상태로 돌아가 있었는데, 혐오스럽기는커녕 주위 풍경의 일부인 것처럼 아름다워 보이기까지 했다. 무너진 누런 흙벽은 시퍼런 풀빛과 잘 어울렸고, 서로 엇갈려 비스듬히 쓰러져가는 기둥과 서까래 들은 비와 바람과 햇볕에 하얗게 바랜 정갈한 모습이었다. 거기에 배었던 인간의 냄새도, 그의 기쁨도, 슬픔도 말끔히 씻겨 나가고 탈색되어 있었다.

그런데 그 폐허에서 어렴풋한 애틋함이 배어 나왔다. 인간 흔적이 지워진 빈집의 공허에서 울려오는 나직한 메아리. 노인과 늙은 소가 떠오른다. 다른 식구는 상상이 안 되고, 노인과 소가 함께 비탈을 오르내리며 화전을 일구는 장면만이 떠오른다. 죽어가는 소가 맥없이 뒤로 주저앉은 듯한 형상을 하고 있는 폐가를 바라보면서, 나는 생각한다. 누가 먼저 흙으로 갔을까? 노인이 먼저였을까,

소가 먼저였을까? 아니면 노인은 대처로 나간 아들을 따라가서 거기에서 죽었을까? 아니, 그렇지 않았을 것이다. 소와 이별할 수 없었던 그는 결국 저 집에 남아 마지막 숨을 거두었을 것 같다. 욕심도 없고, 성도 내지도 않고, 기쁘지도 슬프지도 않고, 소와 말할 때 외에는 별로 입을 열지 않는, 소처럼 눈만 끔뻑거리는 사람…… 그가 먼저 죽었을까, 소가 먼저 죽었을까? 풀과 나무처럼 흙에서 태어나 흙벌레처럼 흙 위를 뿔뿔 기다가, 다시 흙으로 돌아간 그들이었다. 그들이 죽은 다음에도 두 영혼이 깃든 빈집은 더 오래 살았다. 집의 죽음은 여러 해에 걸친 퇴락이었다. 바람, 눈, 비, 햇볕 속의 조그만 토담집. 풍화와 침식 작용은 집요했다. 부드러운 봄비, 습기 찬 안개도 빈집에 스며들고, 여름의 뇌성벽력과 늦가을의 시끄러운 풀벌레 소리도 토벽을 흔들어놓곤 했다. 빈집은 오랜 시간에 걸쳐 시나브로 가라앉았다. 퇴락하는 집을 땅이 서서히 빨아들이고 있었다. 땅의 공복 속으로 집이 빨려 들어가고, 이제 그 자리에 무성하게 자란 여름풀들이 외친다. 이 땅의 주인은 자기들이라고. 풀이 지상의 모든 죽음을 다스린다고. 인간의 죽음은 물론 인간이 창조한 모든 것들의 죽음도 다스린다고. 빅토르 위고도 이렇게 말하지 않았던가. "풀은 자라고, 인간의 아들들은 죽지 않으면 안 된다."

폐가 뒤쪽에서 주위를 살피던 친구가 버려진 샘터를 발견하고 나를 불렀다. 둘레에 납작한 돌을 차곡차곡 쌓아올린 바가지 샘이 었는데, 바닥에 썩은 나뭇잎들이 잔뜩 쌓여 있었다. 우리는 그 샘을 깨끗이 청소하고서 그 앞에 엎드려 절을 올렸다.

송순 필 무렵

봄이 오고 있다. 겨우내 땅속에서 최소한으로 단단히 응축되었던 생명들이 기지개를 켠다. 우선 '준동(蠢動)'이란 단어를 음미해보자. 이 단어를 가지고 문장을 만들어보면 예컨대 '대학가에 불온 세력들이 준동하고 있다'와 같은 문장이 될 것이다. 경멸받을 만한 하찮은 것들이 보이지 않는 뒷전에서 소동을 피운다는 뜻이다. 이렇게 이 단어는 주로 부정적인 뜻으로 사용되고 있는데, 그러나 그 본뜻을 새겨보면 전혀 달라진다. 준(蠢)자를 해자하면, 봄 춘(春)에 벌레 충(虫)자 두 개, 그러니까 '준동(蠢動)'은 봄이 되어 땅속의 수많은 벌레들이 밖으로 나오려고 굼실거리며 활발하게 움직이는 형용을 말한다.

봄이 되어 언 땅이 풀리고, 거기에 따뜻한 햇볕과 빗물이 여러 날 계속 비추고 스며들면, 지표 아래에서 무슨 일이 생기는가. 땅속에서 잔뜩 옴츠리고 월동하던 미물들이 사방에서 눈을 뜨고 굼실굼실, 꿈지럭꿈지럭 활동을 시작한다. 이것이 준동인데, 준동하는 것이 어디 벌레들뿐인가. 초목의 새싹들도 땅속에서 함께 눈을 떠 움직거린다. 4월의 대지, 그 땅거죽 아래에서 엄청난 역사(役事)가 벌어진다. 땅속의 수많은 벌레들과 새싹들이 벌이는 준동으로 인해 지표가 들썩거릴 지경이다. 4월 초, 들녘에 나가 대지에 엎드려 귀를 기울이면 그 준동의 소리가 운 좋은 사람에겐 들릴지 모른다.

들머리·밭두렁·언덕의 묵은 풀 속에서 새 풀이 파랗게 솟아오르고 있다. 바다 물빛도 더욱 푸르러지고, 파래도 미역도 더욱 빛깔이 고와졌다. 여린 새싹들이 딱딱하게 굳은 땅을 뚫고 치솟아오르는 경이로운 모습을 보라. 나뭇가지에도 매서운 겨울바람을 이겨낸 잎눈, 꽃눈들이 여기저기서 눈을 뜨고 있다. 어쩌면 그 어리고 부드러운 것이 그렇게 강할 수 있을까? 젖빛 안개비가 자욱한 초원, 안개비가 달콤한 젖물처럼 묵은 풀밭 위로 번지면, 쥐암쥐암 아기 주먹손 닮은 아기 고사리들이 몸을 꼬며 땅을 뚫고 솟아오른다. 갓 태어난 아기의 손도 묵처럼 연하고 부드럽지만 주먹 힘은 놀랍도록 세지 않는가.

그러나 달리 생각하면 어린 싹이 지표를 뚫고 치솟을 수 있는 것은 아무래도 혼자 힘만으로는 안 될 일처럼 느껴진다. 줄탁동시란 말도 있지 않은가. 알 속의 병아리가 세상에 나오려고 껍질을 쪼아 깨뜨릴 때, 어미닭이 밖에서 쪼아 도와주는 것처럼, 아기를 세상에 내보내기 위해 어미가 부드럽게 자궁을 열어 밀어내는 것처럼, 땅도 그 어린것들을 위해 부드럽게 틈을 열어 밀어 올려주는 것은 아닐까? 모든 새싹들은 대지의 자식이니까. 딱딱한 나뭇가지에 연둣빛 여린 싹이 돋아날 수 있는 것도 비슷한 이치일 듯하다.

장철문의 시 「굴참나무 밭에 가서」에 이런 구절들이 나온다.

청개구리 한 마리가 굴참나무 살을 뚫고 나오고 있다
대가리로 힘껏 밀어올리고 있다
살이 뚫리고, 살갗이 봉분처럼 밀려 올라오고 있다
(중략)
한 마리가 아니다
찌구락 짜구락 뽀그락 대가리를 내밀고 있다
뚫린 데마다 청개구리 대가리다
(하략)

북한산 산행을 즐기는 나는 이른 봄이면 우중충한 회갈색의 빈 숲에 싹이 나고 꽃눈·잎눈이 트이는 경이를 보기 위해서 자주 간다. 봄철의 산은 풀과 나무들이 짙게 뿜어내는 생명의 입김으로 자욱하다. 신생의 작업, 즉 생식 활동이 벌어지고 있는 것이다. 생강나무·산수유나무의 노란 꽃보다 먼저 내 눈에 띄는 것은 물오리나무 꽃이다. 붉은색의 암꽃은 아주 작아 뽕나무 오디를 닮았고(오디는 젖꼭지를 닮았고), 연두색에 자주색이 섞인 수꽃은 길죽한 벌레처럼 척척 늘어져 외설스럽게 보인다. 그러나 뭐니 뭐니 해도 5월 초순께 보여주는 소나무 숲의 생식 활동만큼 적나라한 것은 없다. 소나무의 새순을 송순이라고 하는데, 가지마다 움튼 누런색 송순들이 하루가 다르게 쑥쑥 자라 마침내 한 뼘 길이가 되면, 손가락 굵기의 송순 대궁을 싸고 송화가 푸짐하게 피어나 금빛 꽃가루를 날린다. 송순들은 나뭇가지에서 기운 좋게, 중력을 거부하고 수직으로 솟는데, 그 생김새가 기운 좋은 수컷을 연상시킨다. 송순들이 미풍에도 간지러워 못 견디겠다는 듯이 몸을 흔들면, 꽃가루는 안개처럼 자욱하게 퍼지면서 암꽃을 찾아간다. 비 온 뒤 물웅덩이마다 금가루 뿌린 듯 가득 떠 있는 그 꽃가루는 또 얼마나 아름다운가. 생식의 기쁨이 충만해 있는 소나무 숲, 거기에 가면 그 환희의 합창을 들을 수 있다.

　　　　　　　　　　　　　　　　　소설가는 늙지 않는다

옛 사람들은 자연현상의 변화에 따라 때를 표현하곤 했는데, '메밀꽃 필 무렵' 하듯이 '송순 필 무렵'이란 말도 흔히 썼다. 송순이 핀다는 것은 송화가 핀다는 말과 같다. 메밀꽃 필 무렵은 7월경이고 송순 필 무렵과 아까시아 필 무렵은 5월 초순이다. "들국화 필 무렵에 가득 담갔던 김치를/ 아까시아꽃 필 무렵에 다 먹어버렸다"(강소천, 「조그만 하늘」)라는 동시가 생각난다.

독난리와 몰난리

　도시의 삶에는 잇따라 터지는 사건과 재난들로 영일이 없다. 세계를 몇 시간 이내로 좁혀놓은 매스미디어 탓에 나라 밖의 것들도 자주 보게 된다. 전 시대의 죽음들은 대개 마을 범위 안에 국한된 것이었으나, 이제는 국내는 물론 국외로부터도 수없이 많은 죽음들이 달려와 우리의 눈과 귀를 덮치고 있다. 그러나 아무리 경천동지할 사건도 충분히 파문을 일으키지 못하고 다음 사건에 의해 지워져버린다. 그 사건의 의미를 음미할 여유가 없다. 마치 계속된 투석으로 파문이 잘 날이 없는 연못과 같다. 사회 분위기가 그렇게 늘 출렁거린다. 일상사가 되어버린 그 연쇄적 파동에 사람들은 거의 중독되다시피 해 있다. 그래서 이따금 큼직한 사건들이 꽝꽝 터져

주지 않으면 좀이 쑤셔 못 견딜 지경이 되기도 한다.

　화면 속의 무서운 재난, 사고들은 우리에게 슬픔과 연민을 일으키기도 하지만, 한편으로는 은연중에 나는 괜찮구나, 하는 안도의 감정을 느끼게 하기도 한다. 그리고 행·불행의 감각은 상대적인 것이어서, 유독 나만의 불행은 아니구나, 라고 느꼈을 때 그 불행은 다소 참을 만한 것으로 변한다. 그렇듯 우리는 타인의 불행을 필요로 한다. 티브이 화면에는 그런 불행들이 넘쳐난다. 만약 당신이 젊은 몸에 교통사고로 다리 하나를 잃었다고 하자. 처음에는 그 불행이 자기한테만 온 것처럼, 크게 절망할 것이다. 그런데 어느 날 당신은 티브이 화면에서 지뢰 부상자인 목발 짚은 아프가니스탄 사람 수십 명이 떼를 지어 능숙하게 걸어가는 장면을 보고, 그 질긴 생명력에 눈이 휘둥그레진다. 그제야 당신은 그 불행이 유독 자기에게만 닥친 것이 아니라는 걸 깨달으면서, 우울했던 가슴이 다소 밝아진다. 이것이 곧 독난리·몰난리 현상이다. 옛사람들도 말하기를, 독난리는 견디기 어려워도 몰난리는 견딜 만하다고 했다. 독난리는 혼자 겪는 큰 불행이고, 몰난리는 모든 사람이 함께 겪는 큰 불행을 말한다. 예컨대 큰비가 와서 강물이 범람했을 때, 마을에서 한 집만 피해를 입고 나머지 집들은 모두 괜찮았다고 했을 경우와, 마을의 모든 집들이 함께 피해를 입었을 경우에 피해자가 느끼는 마음의 고통은 크게 차이가 난다. 그래서 쓰나미를 화면을 통해 본 우리는 이렇게 말할 수도 있다.

"파도가 아주 쉽게, 아주 부드럽게 쓸어버리더군. 죽음이 아주 부드럽게 퍼져서, 자비롭게 모든 걸 덮어버리더군. 그렇게 모두가 죽는다면 나도 죽음을 두려움 없이 받아들일 수 있을 것 같아."

소설가는 늙지 않는다

신생

봄이 저만치 오고 있다. 꽃샘추위가 차갑게 옷소매 속을 파고들지만, 그 추위를 뚫고 봄이 꾸준히 진군해 오고 있다. 봄이 무대 전면에 등장하려고, 지금 한창 리허설을 하고 있는 것이다.

봄, 하면 나에게 먼저 생각나는 것이 노란 봄병아리다. 물론 봄철엔 장닭도 눈에 띄게 아름다워진다. 봄볕에 벼슬과 깃털의 붉은색이 더욱 짙어지는데, 발로 흙을 헤집어 벌레를 잡아놓고 암탉과 병아리들을 부르는 그 자랑스러운 모습이라니! 가장 노릇은 이렇게 하렷다, 라고 인간에게 가르치는 것 같다. 아직 꽁지가 덜 자란 풋닭도 꺼벙해 보이지만, 하는 짓이 예쁘다. 남한테 빼앗기지 않으려고 지렁이를 물고 내달리는 걸 보면 꼭 갓 입학한 중학생 꼴이어서 절로 웃음이 나온다. 그러나 아무리 그렇더라도 신생의 봄과 가장 어울리기는 역시 노랑 병아리일 것이다.

나의 어린 시절을 생각해보면, 서리병아리라고 해서 가을에도 병아리가 있긴 했지만, 모습이 추레하고 병에 잘 걸렸던 것 같다. 콧병 들어 비슬비슬 졸고 있는 병아리처럼 애처로운 모습도 없으리라. 그런 것들을 어떻게든 살려보려고 꽁무니에다 입김을 불어넣던 어머니의 낭패스러운 모습이 눈에 선하다. 서리병아리와 달리, 새봄과 더불어 탄생하는 봄병아리는 아름답고 튼튼하다. 병아리들을 거느리고, 앞에서 실한 궁뎅이를 내두르며 아그작 아그작 걷는 어미닭의 당찬 모습도, 봄빛이 무르녹은 푸른 하늘에 병아리를 노리는 솔개가 소용돌이 물에 뜬 낙엽처럼 큰 원을 그리며 천천히 감도는 모습도 눈에 선하다. 어미닭은 매나 솔개가 하늘에 뜨거나 매운바람이 몰아치거나 하면 얼른 날개를 펴 제 새끼들을 거두어 안았는데, 그 따뜻하고 넉넉한 모성애는 궁핍한 시절에 자식 넷을 먹여 살려야 했던 내 어머니의 모습이기도 했다. 어리기가 병아리만 했을 때 나는 어머니의 치마꼬리를 잡고 나들이에 따라나서곤 했는데, 도중에 갑자기 비가 오거나 흙바람이 불거나 하면 어미닭이 그러하듯이 어머니는 넉넉한 치마폭을 펼쳐 나를 감싸주곤 했던 것이다. 오일장에 곡식과 달걀을 팔러 가는 어머니를 따라가곤 했는데, 어머니의 등에 짊어진 바구니에는 좁쌀이 가득 담기고 그 위에 달걀이 열 개쯤 심어져 있었다.

아무튼 노란 봄빛 속노란 병아리 떼의 모습은 나에게 여전히 변하지 않는 신생의 이미지다.

겨우내 썰렁했던 동네 골목길들이 아이들의 명랑한 목소리로 넘쳐나는 계절이다. 요즘의 도시 아이들은 그림책에서나 병아리를 보았을 뿐 실물로 볼 기회가 별로 없을 것이다. 시골에서도 재래식으로 닭을 놓아먹이는 집이 드문지라, 병아리를 구경하려면 양계장이나 찾아가야 할 형편이 되어버렸다. 몇 년 전만 해도 이른 봄, 집 근처 시장에 가면 팔려고 내놓은 노란 봄병아리들이 있어서, 엄마 따라 장보러 온 어린아이들의 좋은 눈요깃감이 되곤 했다. 노란 털공처럼 보글보글 털북숭이인 병아리들을 아이들은 여간 신기하고 귀여워 않았다. 어린이들은 자신들이야말로 예쁜 병아리인 줄 모른다. 엄마의 치마꼬리를 붙잡고서 종종 봄나들이 다니는 어린이들은 얼마나 예쁜가.

"엄마, 이게 무어야?"

"그것도 몰라? 그림책에서 봤잖아. 이것이 크면 꼬꼬닭이 되지. 그럼 뭐게?"

"음, 닭새끼."

하긴 쌀과 벼를 관념적으로만 익힌 도시 아이들이 정작 실물을 보자, 벼를 '쌀나무'라고 하듯이 엉겁결에 병아리를 '닭새끼'라고 할 수도 있을 것이다. 그런데 닭새끼가 아주 틀린 말은 아니다. 어떤 지방에서는 병아리를 '닭의 새끼' 혹은 소리 나는 그대로 '달구새끼'라고 하기도 한다. 닭을 '독'이라고 부르는 제주의 방언으로 따지자면, 닭새끼는 '독새기'가 되는 셈인데, 그러나 독새기는 달걀의 제주 방언이지 병아리라는 뜻은 아니다.

달걀 속의 병아리는 반드시 자신의 힘으로 껍데기를 깨고 나와야 한다.

언 대지를 녹이는 봄기운이 초목의 싹을 틔우고, 얼었던 강이 풀리기 시작하면, 돌 맞은 유리창처럼, 두꺼운 얼음판 위에 방사선 모양의 길고 날카로운 빗금의 균열들이 여기저기 생기고, 강가에는 빙열(氷裂) 현상이 일어난다. 얼음장들이 자글자글 낮은 소리를 내며 그물처럼 수많은 균열을 만들어내는데, 그 자글거리는 소리가 어미닭의 오랜 포란(抱卵)의 인고가 끝나고 십여 개의 달걀들이 부화할 때, 알 속의 병아리가 세상 밖으로 나오려고 여린 부리로 껍데기를 깨면서 어미를 부르는 낮은 울음소리와 흡사하다. 알 속에서 그 소리를 들으면 어미닭은 즉시 병아리를 위해서 밖에서 껍질을 쪼아준다. 이렇게 병아리와 어미닭이 안에서 밖에서 동시에 쪼아

껍데기를 깨뜨리는 일을 줄탁동시라고 했다.

헤르만 헤세는 그의 아름다운 소설 『데미안』에서 이렇게 말했다. "새는 알을 깨고 나온다. 알은 세계다. 태어나려는 자는 하나의 세계를 파괴하지 않으면 안 된다." 자신이 안주해왔던 한 세계를 깨는 두려움을 극복한 자만이 더 넓은 새로운 세계를 획득할 수 있다는 뜻이다. 딱딱한 알껍데기를 연약한 부리로 깨뜨리는 그 힘이 놀랍다. 병아리뿐만 아니라 모든 태어나는 것들의 생명력이 그렇다. 여린 새싹이 어떻게 저 딱딱하게 굳은 땅을 뚫고 솟아오르는지 정말 불가사의하다. 무력해 보이는 것 속에 상상하기 어려운 강인한 생명력이 있는 것이다. 그리고 병아리뿐만 아니라, 무릇 신생의 첫 빛깔이 가녀린 노란색인 것도 흥미롭다. 봄의 햇살도 그렇고, 초목의 새싹·햇순·속잎도 처음에는 노란색에 가까운 연두색이다.

이렇게 언 땅 위에 겨우내 시르죽어 있던 햇빛이 노란색으로 되살아나기 시작하면 나는 으레 골목 안에서 어린이들이 뛰노는 시끌짝한 소리와 함께 노란 털북숭이 봄병아리가 생각나곤 하는데, 그것은 바로 그 아름다운 신생의 이미지 때문이다.

잠녀의 일생

  화산섬 제주도의 해안선은 대개 검은색 현무암 지대다. 화산 용암이 바다로 흘러들면서 식은 현무암인데, 그것이 거대한 검은 수컷처럼 바다로 날카롭게 뻗어 들어간 곳을 토속어로 '코지(곶)'라 하고, 물속 바위와 물 밖으로 돌출한 바위를 '여'라고 한다. 코지와 여의 검은 암괴는 거기에 부딪쳐 하얗게 부서지는 파도 포말 때문에 우쭐우쭐 살아 있는 수중 동물처럼 보이기도 한다. 바로 그 물속에 해물이 많다. 해초들이 숲을 이루어 너울거리고, 형형색색의 물고기들과 전복·소라 등 온갖 해물들이 풍성하게 자란다. 기름진 '바당밭(바다밭)'이다. 이렇게 마을 앞바다에 해물이 풍성하다보니, 연못이 있으면 개구리가 생기듯이 자연히 잠녀들이 생겨났다. 제주에서 가장 잠녀가 많은 곳이 하도리인데, 앞바다 전체가 흰 거품의 백파로 덮일 정도로 물속 여들이 많고, 그래서 해물이 많다. 그 백파의 흰 거품 속에서 잠녀는 태어난다.

잠녀의 생활은 반농반어다. 뭍의 밭과 물의 밭을 번갈아 경작한다. 더운 여름 한낮, 마을 아낙들이 이 밭 저 밭에 흩어져 이랑을 타고 앉아 김을 맨다. 아그작 아그작 앉은뱅이걸음 하면서, 매발톱 같은 호미 끝으로 캉캉 마른땅을 쫀다. 불볕더위에 등에 흐르는 땀은 소금이 된다. 어서 시원한 바닷물에 몸을 담그고 싶은데 아직 물때가 안 되었나, 하고 자꾸 눈길이 바다로 간다. 드디어 썰물이 시작되면 어른 중에 누군가 먼저 일어나 소리친다. "가자! 바당에 가자! 물때가 늦어간다!" 이 소리에 맞춰, 이 밭 저 밭에서 김매던 아낙들이 호미를 내던지고 우굿우굿 일어나 갯가로 몰려간다.

무명천 물옷으로 갈아입은 발랄한 육체들이 테왁(뒤웅박)을 안고 바닷물에 텀벙텀벙 뛰어든다. 여름철, 조밭 김매기는 더위에 고달프지만 바당밭 물질은 상쾌하고 즐겁다. 밭일 안 하는 날에도 집에 있으면 공연히 좀이 쑤시고 몸이 아픈 듯하다가도, 바다에 들면 언제 그랬냐는 듯이 몸이 가벼워지고 상쾌해진다. 채취의 즐거움에 힘든 줄 모른다. 깊은 곳도 얕아 보이고, 한 번 물건이 보이기 시작하면 자꾸만 더 보일 것만 같아 힘이 철철 넘친다.

물 위에 날카로운 숨비 소리(휘파람 소리)를 남긴 채, 두 다리를 거꾸로 곧게 세우면서 자맥질해 들어간다. 물 위에 거꾸로 세워진 두 다리를 쌍돛대라고 부른다. 자맥질로 열 길 물속을 내려간다. 아름다운 물속 풍경도 마음을 즐겁게 해준다. 너울거리는 해초들과 산호들, 느리게 떼 지어 유영하는 물고기들, 아롱다롱 고운 색을 입은 기암괴석들…… 바닷물은 무거운 몸을 가볍게 안아주면서 굳어 있는 뼈마디들을 부드럽게 풀어준다. 해류에 쓸리는 미역 다발처럼, 유영하는 물고기처럼, 자맥질하는 잠녀들의 허리도 낭창낭창 유연하게 휜다. 연두색 작은 물고기 객주리들이 다가와 맨살을 따끔따끔 물어 간지럽힌다. 수면 위에 둥근 테왁이 달덩이처럼 둥둥 떠 있다. 더 이상 숨을 참을 수 없는 한계에서 바닥을 차면서 테왁을 향해 솟구쳐오른다. 한껏 참았다가 물 위에 떠올라 터뜨리는 새된 숨비 소리, 호오익! 호오익! 여기저기서 솟구치는 숨비 소리들이 끼룩대는 갈매기 소리와 섞여 푸른 바다 위 가득히 퍼진다.

젊은 잠녀들은 기운이 좋아 해변에서 멀리 떨어진 여까지 헤엄쳐 간다. 때로는 대담하게 목선을 타고, 더 먼 바다로 노 저어 간다. 먼 바다 깊은 물의 여일수록 해물이 많다. 가깝고 얕은 물은 늙은

소설가는 늙지 않는다

할망들이나 열서너 살짜리 아기잠녀들의 몫이다. 나이 일흔 살 가까이 되면 먼 바다의 물질은 언감생심, 물속 서너 길도 못 들어가 몸이 동동 뜨고 숨이 턱에 닿게 가빠진다. 노안으로 시력도 나빠 물건 찾기가 더뎌진다. 조밭에 김매면서 조인지 가라지인지 분간이 안 되듯이, 바다에 가면 소라인지 돌멩이인지 구별 못 한다. 그래서 노인 전용의 수심 얕은 '할망 바당'이 마련되고, 그 물에서 늙은 할망들이 어린 손녀들과 함께 물질을 하게 되는 것이다.

운명처럼 잠녀가 잠녀를 낳는다. 잠녀가 갓 낳은 자기 딸아기를 보며 한탄한다. "전생 궂은 잠녀 팔자, 아이고 요년아, 너도 물질하려고 세상에 나왔구나!" 그 어린 딸이 바닷물과 처음 만나는 곳이 '깅이통'이다. 어멍잠녀가 바다에 들면 뒤에 남겨진 어린 딸은 바닷가 깅이통에서 또래 아이들과 논다. '깅이'는 게의 제주말, 그 통물에서 예닐곱 살 아이들이 참게를 잡으면서 논다. 썰물의 바다에서 청아한 숨비 소리들이 단속적으로 들려온다.

이 어린애들 중에 누군가가 먼 훗날, 물질을 그만두고 객지에서 지친 어른이 된다면 반드시 깅이통을 떠올리며 회한의 한숨을 내쉴 것이다.

현무암 암반에 움푹 파여 생긴 이 조그만 물웅덩이는 밀물에는 바다 밑에 가라앉았다가 썰물이면 밖으로 드러난다. 깊어봐야 어른 무릎 높이밖에 안 되는 얕은 물이어서 아이들이 물장구치며 놀기 좋다. 웅덩이를 에워싼 현무암 바윗면들은 곱게 보랏빛을 입고서 초록의 파래와 물이끼, 갈색의 톳과 미역새, 보라색 우뭇가사리, 노란빛 거북손, 말미잘 들을 키운다. 투명하게 맑은 물속에는 작은 새우들도 내장이 보일 정도로 몸이 투명하고, 아주 작은 물고기들이 바늘 한 줌 뿌린 듯이 순식간에 움직이면서 날카롭게 은빛을 되쏜다. 하늘의 푸른빛이 드리워진 물 표면에는 가끔 작은 조각구름이 떠서 흘러가고, 고운 색돌이 깔린 물 바닥엔 잔물결의 그림자들이 어룽어룽 고운 무늬를 만든다.

깅이통에선 모든 것이 작다. 거기서 노는 아이들도 작고, 고동 총알고동 메옹이 참게 집게 거북손 홍합도 작고, 물고기 새우도 아주 작은 종류들이고, 물 위에 떠서 흘러가는 구름마저 조그만 조각구름이다. 저 큰 바다의 축소판, 조그만 우주! 저만큼 물러가 있는 바다에선 파도 부서지는 소리가 들려오지만, 이 조그만 웅덩이물은 언제나 잔잔하다. 바람이 불어야 겨우 잔주름 잡힌다. 평화, 작은 것들의 세계, 소우주, 우주의 눈…… 드디어 물결이 높아지면서 썰물이 밀물로 바뀌고, 밀물에 밀려 어른들이 헤엄치며 돌아온다. 어머니와 언니가 돌아온다. 거기로 아이들이 환성을 지르며 달려

소설가는 늙지 않는다

간다. 이윽고 밀물은 만조를 이루면서 깅이통을 가뭇없이 물밑으로 가라앉힌다.

바다의 밀물과 썰물 사이가 잠녀의 일생이다. 달이 바닷물을 끌어당겨 만조가 되었을 때, 그 밀물의 끝, 썰물의 시작, 그 파도의 흰 거품 속에서 여아들이 태어났다. 아기들은 자라면서 물가 깅이통에서 물장구치며 헤엄을 배우다가 열서너 살이 되면 얕은 바다에서 물질을 시작하고, 점점 성장함에 따라 더 먼 바다의 작은 섬들로 차례차례 옮아가다가, 마침내 육지 바다로 진출한다. 떼 지어 배를 타고 노를 저으면서, 조선반도, 삼면의 바다에 안 가는 곳 없이 간다. 그 먼 바다에 드나들면서 이십여 년의 전성기를 누린 다음, 마흔 살 넘어서부터는 기력이 떨어짐에 따라 차츰차츰 얕은 바다로 뒷걸음치다가 예순 살 넘으면 아기잠녀들이 자맥질하는 바닷가의 얕은 물로 되돌아온다. 밀물과 썰물의 순환, 어려서 썰물 타고 차츰차츰 먼 바다로 나아갔다가 때가 차면 다시 밀물에 밀려 노인으로 돌아오는 것, 그것이 잠녀의 일생이다. 밀물의 끝은 죽어가는 자의 마지막 숨을 부드럽게 덮어주고, 썰물의 시작은 태어나는 자의 최초의 숨길을 열어준다.

이어싸나 이어싸나

잘잘 가는 잣나무 배야

솔솔 가는 소나무 배야

앞발로는 허우치고

뒷발로는 거두치며

이어싸나 이어싸나

썰물 나면 동해바당

밀물 나면 서해바당

우리 배는 잘도 간다

이어싸나 이어싸나

두꺼비

어느 햇빛 좋은 봄날, 나는 우리 동네 근처 공원을 산책하다가 우연히 두꺼비 한 마리를 보았다. 관광용으로 복원해놓은 옛 초가집 울담 뒤쪽, 아직 사람의 손발이 가지 않은, 마흔 평 될까 말까 한 조그만 야생의 풀숲에서였다. 거친 잡풀들이 우거져 있어서 사람들이 안 다니는 곳이었는데, 내가 구태여 발을 들여놓은 것은 거기에 어떤 식물들이 자라고 있는지 알고 싶어서였다. 그 무렵 나는 그 공원에 분포한 식물들의 이름 익히기를 취미로 삼고 있었다. 그런데 귀리풀, 기름새, 여뀌, 한삼덩굴, 며느리밑씻개 같은 잡풀들이 어지럽게 얼크러진 그 축축한 풀숲 속에 뜻밖에 두꺼비가 살고 있었던 것이다.

그놈을 보는 순간, 나는 흠칫 놀라 두 발이 얼어붙은 듯 멈춰졌다. 처음엔 누군가 나를 향해 진흙덩이를 던진 줄 알았다. 젖은 진흙덩이가 느닷없이 내 발 앞에 툭 떨어진 느낌이었는데, 알고 보니 진흙색의 두꺼비 한 마리가 나의 출현에 놀라 풀쩍 뜀질을 했던 것이다. 두꺼비도 나도 동시에 놀랐다. 그런데 당돌하게도 그놈은 그렇게 한 번만 뜀질했을 뿐, 더 이상 도망가지 않았다. 앙바틈히 떠억 버티고 앉은 채, 툭 튀어나온 두 눈망울을 굴리면서 이쪽을 예의 경계하는 것이었다. 불과 한 발짝 거리, 성큼 발을 내디뎌 밟아버리면 그냥 끝나버릴 목숨인데도, 꿈쩍도 않고 있었다. 표정을 알 수 없는, 대담한 퉁방울 눈, 나를 보지 않는 듯, 너 따위는 안중에 없다고 무시하는 듯 눈알이 비어져 나와 있고, 입은 지퍼 달린 지갑처럼 옆으로 길게 찢어져 있었다.

그놈의 난데없는, 전후 문맥 없는 출현에 나는 눈이 휘둥그레졌다. 어릴 적에 봤을 뿐, 그 후 반세기 훨씬 넘는 세월 동안에 단 한 번도 현실에서 마주친 적이 없는 놈이었다. 꿈꾸고 있는 게 아닌가 할 정도로 그게 비현실적으로 보였다. 매끄럽고 찰기 있는 한 줌의 누런 진흙 같은 존재. 어렴풋하게 지워진 꿈속처럼 아득한 나의 먼 과거 한구석에 두꺼비가 있었다. 어릴 적 나는 들에서 두꺼비를 보았을 뿐만 아니라, 그것을 잡아다 약으로 먹기도 했었다. 대여섯 살

무렵의 나는 소화불량으로 몸이 퍽 야위었던가본데, 그 병을 구완한다고 할머니가 두꺼비 다리를 구워 먹이거나, 태워서 가루로 만들어 먹였다. 하도 아득한 옛적 일이라, 그 일이 마치 내가 직접 겪지 않고 할머니가 들려준 옛이야기처럼 느껴진다.

그러한 두꺼비가 있어서는 안 될 곳에 나타나 있었던 것이다. 수없이 오고 가는 인간의 사나운 발길에 에워싸인, 조그만 섬 같은 그 풀숲은 머지않아 말끔히 지워져 화단으로 바뀌거나 운동기구들이 놓일 터였다. 그것은 세계의 끝, 아슬아슬한 벼랑 끝에 몰린, 위태로운 삶이었다. 그런데 그 위태로운 삶이 그만 나라는 한 인간한테 들키고 말았다.

두꺼비는 온몸을 완강하게 긴장시키고 나에 대해, 인간에 대해 독한 적의를 뿜어댔다. 나는 두꺼비가 어린 내 몸에 들어와 내 몸의 일부가 되었던 기억을 떠올리며, 그것이 내 머릿속에 기어들어오기를 초조하게 기다렸다. 두꺼비의 몸에서 짙은 생명력, 호소력이 전류처럼 뿜어져 나왔고, 나는 그것을 다소곳이 받아들였다. 두꺼비의 당당한 기세는 자신보다 수백 배나 몸집이 큰 인간인 나를 압도하고 있었다. 매끄럽고 찰기 있는 한 줌의 누런 진흙덩이 같은 존재, 그런데 그 작은 몸에서 함부로 범접 못 할 위엄의 빛이 뿜어져 나왔다. 완벽하게 험상궂고 징글맞았다. 몸 전체가 하나의 완강한 에너지 덩어리로 뭉쳐져 있는 것 같았다. 땅바닥에 납작 엎드린 험상궂은 생김새, 대담하게 툭 튀어나온 퉁방울눈, 길게 찢어진 입과 쉴 새 없이 할딱거리는 턱 밑의 울음주머니, 누런색 바탕에 붉은색과 검은색이 얼룩덜룩 뒤섞인 징글맞은 경계색, 그리고 수많은 돌기들이 울퉁불퉁 솟은 등짝에 고압 전류처럼 도사린 치명적인 독. 그 당당한 자태는 빈틈없는 완전함이요, 아름다움이었다. 신이 인간을 만들 때만큼이나 공들여 만든 아름다운 완성품이었다. 그리하여 두꺼비는 인간인 나와 크기가 같아졌다. 두꺼비가 나만큼 커졌다. 아니, 내가 두꺼비만큼 작아졌다. 그때 나는 선뜻 땅바닥에 무릎을 꿇고 두꺼비의 자세 그대로 너부죽 엎드렸다. 그러자 두꺼비가 어기적어기적 움직이기 시작했다. 조금도 서두르지 않고, 의젓하게, 오른쪽 앞발 다음에 왼쪽 뒷발을 내딛고, 왼쪽 앞발 다음에 오른쪽 뒷발을 내딛으면서 천천히 기어갔다. 나는 엎드린 채 그 뒤를 향해, 부디 몸 성히 잘 지내기를, 하고 중얼거렸다. 드디어 두꺼비는 풀숲 속으로 가뭇없이 사라졌다. 두꺼비는 피안의 세계로 사라졌다. 한 줄기 신비로운 빛을 내게 남기고 사라졌다. 아무 일도 없었던 듯이 바람이 휘익 불어와 풀숲을 흔들어놓았다. 땅바닥에 엎드렸던 나는 그제야 정신을 수습하고 손바닥의 흙을 털며 일어났다. 잠깐 꿈꾸다가 깬 것처럼 얼떨떨하였다.

그리고 두어 달 후 그 조그만 야생의 풀숲은 예상한 대로 운동 기구들이 놓인 체력단련장으로 바뀌어 있었다.

깅이통

나는 가슴속에 조그맣게 축소된 바다를 지니고 있다. 그것은 눈 감으면, 암암히 떠오르는 유년의 바다, 어린 내 몸을 안고 굴리면서 잔뼈를 굵게 키워준 제주바다다. 도시 생활의 이런저런 일에 부대껴 정신이 사나워지고 마음이 혼탁해지면 내 가슴속의 작은 바다도 몸살을 앓는데, 그러면 나는 어김없이 제주바다를 만나기 위해서 공항으로 달려가곤 한다.

그렇게 찾아간 고향 바다. 겨울날 석양 무렵, 해변의 오솔길 위에 쓸쓸한 산책자가 되어 찬바람 맞으며 걸어가다가, 운 좋게도 나는 물가 가까운 곳에 현무암으로 둘러싸인 물웅덩이를 발견한다.

소설가는 늙지 않는다

현무암의 암괴가 질편하게 깔려 온통 검은빛인 바닷가에서 그 물웅덩이는 흰 이불 홑청을 펴 넌 듯, 기울어진 햇빛을 받아 하얗게 빛나고 있다. 어린 시절의 벗을 만난 것처럼 반갑다. 제주항 근처 해변의 매립지에 파묻혀 사라진 어린 시절의 깅이통처럼 반원형이다. 깅이는 참게의 방언이고, 참게가 많다고 해서 깅이통. 그러한 물웅덩이는 현무암 해변에서 종종 볼 수 있는데, 밀물에는 물속에 잠겼다가 썰물에 드러나는 그 얕은 물은 아직 어려서 헤엄칠 줄 모르는 코흘리개들의 여름철 놀이터가 되기도 했다. 나는 마른 풀숲의 비탈을 미끄러지듯 내려가 물가 쪽으로 걸어간다. 썰물의 바다. 깅이통은 파도치는 물가에서 좀 떨어진 곳에 있다.

나는 깅이통 앞에 다가가 다소곳이 무릎을 꿇는다. 두 평 남짓 크기의 그 조그만 물통은 반달 모양으로 생겼는데, 어린 시절에도 그랬듯이 그 맑은 물속에 아기자기한 아름다움을 보여준다. 잔잔한 수면에 푸른 하늘 한 조각이 반영되어 있다. 물속이 보석 상자 속을 들여다보는 것처럼 아기자기하다. 물을 둘러싼 현무암의 안쪽 윗부분은 톳 우뭇가사리 같은 갈색 조류로 덮이고, 아랫부분과 밑바닥은 연보라색 돌옷을 입었는데, 그 연보라색 밑바닥에는 알록달록한 색돌과 흰 모래가 깔렸다. 그 반달 모양의 물통에 조그맣고 아름다운 수생생물들이 꼬물거린다. 그 미물들과 함께 놀던 그 시절의 발가벗은 여름 아이들이 생각난다. 참게, 모래게, 고동, 성게, 군부, 말미잘, 거북손 등등. 그리고 바늘처럼 가늘고 작은 물고기 떼…… 그런데, 아, 흰 깃털 하나가 잔잔한 수면 위에 가볍게 떠 있다! 갈매기 깃털이다. 갈매기는 이 깅이통의 천적일 것이다. 그러나 그 뭉뚝한 부리로는 사냥이 그리 쉽지 않을 것이다. 작은 고기들은 섬광처럼 빠르고, 흰 모래게도 갈매기가 나타나면 얼른 흰 모래 속으로 숨어버린다. 참게 고동 군부 말미잘 성게 거북손 들도 포식자를 피해 바위틈에 딱 붙어 지낸다. 깅이통 안에 사는 말미잘 성게는 바깥의 여느 것들보다 훨씬 작아 엄지 손마디만큼 한데, 좁은 바위틈에 박혀 지내려고 크기를 줄였나보다. 이 작은 생물들이 이렇게 바위틈에 박혀 지내는 것은 포식자도 두렵지만, 더 큰 이유는 하루에 두 번씩 있는 밀물과 썰물에 휩쓸려 가지 않기 위해서일 것이다. 깅이통은 작고, 그 안의 생물들도 아주 작지만, 나름의 훌륭한 생태계를 이루고 있다. 미니어처의 세계. 무제한의 부피로 넘실거리는 저 대양의 축소판이다. 그 물에서 헤엄을 배우며 놀던 어린 아이는 훗날 저 거친 한바다를 건너 육지로 갔다.

이제 나는 무릎 펴고 일어나, 저 거친 한바다를 마주 바라본다. 밀물이 시작됐나보다. 바람이 몹시 맵차다. 파카에 달린 모자를 뒤집어쓴다. 석양은 이미 수평선 위로 기울어져 서편 하늘을 붉게 물들이고 있다. 북쪽 수평선 근처가 어느새 둔한 강철빛으로 변하고, 그 위에 검은 구름이 뭉클뭉클 잔뜩 몰려 있다. 적란운이다. 밀물과 함께 바람도 점점 거세진다. 악천후의 조짐이다. 바람이 파도 비말을 날리면서 싸늘한 한기를 몰고 온다. 검은 바위에 하얗게 뒤덮고 앉아 있던 갈매기 수십 마리가 일제히 바람을 타고 날아오른다. 깅이통의 고요가 깨진다. "밀물이다!" 하고 소리 없는 메아리가 물통 안에 일어나는 것 같다. 수면에 경련하듯 파르르 물살이 일면서 물속에 동요가 일어난다. 서둘러 꼬물거리고, 뿔뿔 기면서 고동 참게 들이 바위틈으로 숨어든다. 검은 구름 떼가 바다 위에 넓게 퍼져서 나직이 밀려오고 있다. 그 검은 구름의 서쪽 상단부에 숯불처럼 노을이 붉게 탄다. 갈매기 날개가 붉게 물든다. 붉은 노을은 깅이통 물에도 번져, 뭐라고 형언할 수 없는 아름다움을 만든다. 검은 현무암에 둘러싸인 그 붉은빛은 거대한 숯불 같기도 하고, 붉은 용암 같기도 하다. 아니, 우주의 붉은 심장 같다.

그러나 그 아름다움은 잠깐 사이에 사라지고 수면은 입김 쏘인 거울처럼 흐릿해져버린다. 검은 구름이 햇빛을 지우면서 해변을 엄습한다. 바람의 채찍을 맞은 파도들이 흰 거품을 물고 길길이 뛰어오르고, 갈매기들은 강풍을 타고 끼룩끼룩 유쾌하게 고공 무용을 벌인다. 수평선은 높은 물결에 가려 더 이상 보이지 않는다. 나는 차디찬 강풍에 맞서 몸을 한껏 긴장시킨다. 이를 앙다물고 파도와 맞선 현무암의 자세를 어설프게 흉내 내본다. 현무암이 지금 느끼고 있는 걸 나도 느끼고 싶다. 지독한 냉기가 마빡을 뚫고 뇌수에 날카롭게 박힌다. 찌든 영혼이 아프게, 그러나 상쾌하게 꿰뚫리는 느낌이다. 머릿속에 눌어붙은 도시의 소음이 지워진다. 뇌수 속으로, 탁 터진 가슴통 속으로 원시의 거친 바다가 들어온다. 뜬금없이 내 입에서, 감사합니다, 라는 말이 튀어나온다. 감사합니다! 쉽게 상처받는 기질의 나는 이제 너그러워진다. 그 무엇들을 용서한다. 현무암을 치받는 파도소리가 계속해서 깅이통과 내 가슴통을 진동시킨다. 파도에 맞선 현무암, 그 불멸의 혼을 엿보면서, 모진 바람의 냉기를 한껏 버텨본다.

드디어 깅이통에 쿨럭거리면서 밀물이 들어오기 시작하고, 그 촉수가 내 구두코에 와 닿는다. 이제 나는 깅이통에 작별을 고한다. 어려운 시간이 왔구나, 잘 견디거라, 잘 쉬거라, 작고 아름다운 것들아, 물속 깊이 잠겨, 눈도 감고, 입도 오므리고, 숨도 죽이고, 잘 쉬거라, 잘 견디거라, 작고 아름다운 것들아.

별 바라기

어른은 자신의 아이 시절에서 배운다. 그 시절의 아이가 늙은 나를 꾸중하면서 잊어버린 것들, 잃어버린 것들을 일깨워준다. 도시에 살면서 하늘의 구름, 달, 별 보는 법을 잊어버렸다고 나를 꾸중한다. 들판에 퍼질러 누워 느긋하게 오래 바라봐야만 그것들이 제대로 보이고 그것들을 바라보는 내가 누구인지도 제대로 알 수 있다고 가르친다.

그래서 나는 그 아이가 이끄는 대로 들판으로 나가 풀밭에 번듯이 드러눕는다. 풀은 시원하고 향기롭다. 여름철, 푸른 하늘에 떠 있는 구름도 햇솜처럼 산뜻한 흰색이다. 드러누워 하늘을 바라보는 나는 푸른 하늘과 흰 구름을 난생처음 보는 것처럼 놀라워하고 감탄한다. 구름은 어린 시절과 마찬가지로 별의별 형상을 만들며 푸른 하늘에 두둥실 흘러간다. 어린 시절의 동요도 입술에 떠오른다. 구름이 구름이 하늘에 그림을 그림을 그립니다, 노루도 그려놓고 토끼도 그려놓고…… 아무리 오래 바라보아도 눈이 시리지 않는 개운한 흰색, 낮달도 청포묵처럼 시원한 흰색이다. 아마도 시인 김소월은 밤하늘의 빛나는 달보다 흐릿한 흰색의 낮달을 더 좋아해서 자기 호를 소월이라고 했나보다. 소월(素月)이 곧 흰 달이니까.

숲에 들어가면 때때로 나는 키 큰 나무들 사이 풀 위에 드러누워 나무 꼭대기의 우듬지들이 바람에 흔들거리는 모양을 바라보면서 즐거워하기도 한다. 나무의 초록색 브러시가 코발트빛 하늘을 홰홰 휘젓는 모양이 아름답고, 나무의 높은 우듬지들이 원근법에 따라 한가운데로 휘여 드러누워 있는 나를 몽골의 게르처럼 포근하게 안아주는 듯한 그 느낌도 좋다.

그러나 뭐니 뭐니 해도, 드러누워서 바라보는 즐거움 중 가장 윗길은 밤하늘의 별 바라기일 것이다. 어린 시절의 여름밤, 향기로운 보릿짚 더미 위에 드러누워 하늘의 별들을 바라보던 일이 생각난다. 우리 집은 용두암 해변으로 가는 큰길 옆에 있었는데, 그 길 위에서 보리타작을 막 끝낸 보릿짚이 울담에 붙여 높이 쌓여 있었다.

나는 이웃에 사는 또래 아이와 그 푸짐하고 푹신한 보릿짚 더미 속에 푹 빠져 누운 채 밤늦도록 별 바라기를 하면서 놀았다.

보리 수확이 끝나면 집집마다 마당에, 혹은 길가에 보릿짚 더미들이 둥덩산같이 쌓여 있곤 했는데, 그것은 그 어려운 시절에 풍요의 상징이었다. 특히 초등학교 5학년 때 겪은 흉년은 매우 가혹하여, 점심을 굶는 일이 잦았다. 한창 자랄 나이에 굶어야 했던 나는 배고픔의 고통보다는 살이 깎이고 성장이 멈추고 있다는 공포감이 컸던 것 같다. 그 공포는 나중에 평생의 습관으로 이어져, 지금도 나는 어쩌다 하루 세 끼 중 한 끼라도 놓치면 큰일 난 것처럼, 안절부절못하곤 한다.

아버지가 육이오 전쟁터에 나가 있어서, 밭농사는 늘 어머니 혼자의 몫이었다. 외조부모님이 더러 도와주어서 그럭저럭 꾸려갔는데, 나도 초등학교 5학년 때부터는 틈날 때마다 일손을 보태곤 했다. 보리는 생명의 곡식이므로 공들여 키워야 했다. 그 아이를 키워준 것은 보리밥이었다. 그러므로 아이가 건강하게 크려면 먼저 보리를 건강하게 키워야 했다. 5학년짜리 그 아이가 보리밭의 보리와 함께 자라는 정경이 지금 눈에 선하다.

보리 파종하는 날, 쟁기로 우리 밭을 갈아주던 외할아버지, 하앙, 쯔륵, 머시게, 어허 바로 가! 하면서 소를 부리던 그분의 목소리가 아직도 귀에 쟁쟁하다. 그렇게 소와 말하면서 쟁기질해야 소도 사람도 심심하지 않은 법이라고 했다. 쟁기 보습 위로 흙이 넘어가는 부드러운 소리, 물씬 물씬 풍겨오는 싱싱한 흙냄새, 아이는 그 뒤를 쫓아가면서 닭 먹이로 굼벵이를 주워 깡통에 담고, 그 아이 뒤로 저만큼 떨어져서 까마귀도 두어 마리 조짝조짝 걸으면서 굼벵이를 쪼아 먹고, 그렇게 해서 쟁기질이 끝나면 돼지거름에 섞어놓은 보리씨를 뿌린다. 이윽고 보리씨 싹 나서 온 밭이 점점이 파랗게 눈을 뜨면, 눈서리 찬바람의 겨울이 오고, 아이는 찬바람을 막으려고 얇은 저고리 속에 속옷 대신 등과 배에 신문지 끼어 넣고…… 몸을 움직일 때마다 신문지 버석거리는 소리…… 흙이 얼어 보리 뿌리가 쳐들린 밭에 어머니랑 같이 가서 보리 뿌리를 밟아주고…… 그리고 긴긴 엄동을 뒤로 물리고 봄을 맞으면 눈앞에 배고픈 보릿고개가 시작되고, 세 번의 김매기 초벌 두 벌 세 벌의 김매기에 손끝은 푸른 풀물이 들고, 김매기가 끝나고 오줌 거름을 뿌려주면, 보리는 검실검실 튼튼하게 자라고, 그 무렵에 종달새 암수 한 쌍이 보리밭에 둥지를 튼다. 보리가 다 익어 수확할 때까지 사람이 밭에 오지 않는다는 걸 알고 종달새는 안심하고 새끼를 친다. 보릿대가 통통하게 물이 오르고 이윽고 이삭이 팬다. 검은 돌담 안에

소설가는 늙지 않는다

가득 실려 늠실늠실 물결치는 보리밭, 보리 이삭들은 홍청거리는 물결 따라 이리저리 휩쓸리는 작은 초록 물고기 떼, 이삭 속의 물알이 점점 여물어가면서 고소한 냄새를 풍기기 시작하고, 아이는 보리 익기를 기다리면서 배고픈 보릿고개를 허위허위 힘겹게 올라간다. 보리밭에 가뭄의 불볕더위가 쏟아지고, 비바람이 몰아치고, 천둥번개 내리친다. 그러나 보리는 아이를 먹이기 위해서 모든 시련을 이겨내며 튼튼하게 자란다. 배고픈 아이는 기다리다 못해, 풋보리 푸른 것을 몰래 한 줌 뽑아다 모닥불에 그슬려 먹기도 한다. 보리 익어가는 고소한 냄새에 희뜩희뜩 어질머리를 앓는다. 보리밭에 부는 바람은 술렁거리는 소리와 함께 짙은 보리 냄새를 멀리까지 실어 나른다. 특히 아침 해가 이슬 맞은 보리밭을 비출 때의 보리 냄새는 견딜 수 없을 정도로 짙다. 비 온 다음에도 그랬다. 돌담에 핀 하얀 찔레꽃의 향기도 어질머리를 일으킨다. 아하, 언제면 저 보리 다 익어 고소한 보리밥 원 없이 양껏 먹어볼까.

이제 보리가 누렇게 익었다. 일찌감치 깜부기를 뽑아낸 보리밭들은 티 없는 금빛 물결이다. 보리밭에서 종달새가 하늘로 날아오른다. 일직선으로 솟아올라 높은 허공의 한 점에 머물면서 명랑하게 지저귄다. 마치 보리밭의 둥지를 하늘에다 옮겨놓은 것 같다. 쪼롱 쪼롱 쪼로롱, 이 보리밭은 내 거야. 내 거야, 내 거야, 쪼롱 쪼롱 쪼로롱! 종달새가 자기 영역이라고 주장하고 있는 것이다. 그러나 그 보리밭은 아이의 영역이다. 아이가 주인이다. 아이는 어머니를 따라 밭에 가서 보리 거둬들일 때가 됐나 살펴본다. 아이는 교과서에서 종달새에 대한 이솝 우화를 읽었다. 어미 종달새가 보리밭 밖으로 먹이 구하러 나가면서 새끼들에게 당부했다. "밭주인이 와서 뭐라고 말하는지 잘 들어두라." 돌아온 어미에게 새끼들이 말했다. "밭주인이 아들을 데리고 와서 이렇게 말했어요. 내일은 이웃집 사람들을 데려다가 보리를 베어야겠다고요." "그러면 괜찮아. 아직은 이사 가지 않아도 되지." 그다음 날, 외출에서 돌아온 어미에게 새끼들이 말했다. "이번엔 밭주인이 아들을 데리고 와서 이렇게 말했어요. 내일은 친척들을 불러다가 보리를 베어야겠다고요." "그러면 괜찮다. 아직은 이사 가지 않아도 되지." 그다음 날, 새끼들이 어미에게 말했다. "남의 손 빌리지 말고 내일 당장 우리끼리 보리를 베자고 말했어요." "그러면 이젠 안 되겠다. 아무래도 이사 가야겠다. 남을 믿지 않고 직접 일을 하려는 걸 보니 내일 보리를 벨 것이 틀림없어."

　드디어 5일간의 보리 방학이 실시되어, 아이들이 부모를 도와 보리 베기에 나선다. 온 들판이 금빛으로 출렁거린다. 금빛 바다, 천파만파로 출렁거린다. 이 밭 저 밭에서 아이들이 어른들과 함께 어울려 보리를 벤다. 낫을 들고 천파만파, 그 격정의 파도를 잠재운다.

남정네들이 낫을 간다.
낫이 무디어졌다고 슥삭슥삭
낫의 날을 세운다.
보리 한 단을 베어 넘기기 위해서
숫돌의 몇분지 몇푼을 축낸다.
뻐꾸기 소리와 찡찡장서방 소리가 와
낫의 날과 숫돌 사이에 와 먹는다.
낫의 날과 숫돌 사이에 파도소리가 와서 먹는다.
파도가 넘실넘실 넘실거린다.
낫의 날과 숫돌 사이에 파도가 인다.
보리밭에 파도는 천파만파로 들락퀸다.
에익, 파도를 넘자, 넘어서 가자.

—김광협, 「천파만파」에서

그리고 이어서 보리타작. 타작마당에서 도리깨에 맞은 보리들이 개구리처럼 폴짝폴짝 뛰다가 자지러지고, 그렇게 탈곡이 끝나면 기다리고 기다리던 푸짐한 햇보리밥 무쇠솥에 보리쌀을 안치면 무쇠솥은 부글부글 끓으면서 밖으로 흰 게거품 물고, 그 안에서 익어가는 보리밥의 고소한 냄새. 그리고 마침내 한 사발의 푸짐한 고봉 보리밥! 배꼽이 돌아가게 한껏 먹고 나면, 오래 묵은 허기가 그제야 꺼지고, 안도감이 가슴 가득 안겨온다. (아마도 내 평생에 그 시간처럼 흐뭇한 행복을 느껴본 일은 별로 없었던 것 같다. 그때 보리밥 푸던 그 놋주걱을 물려받아 나는 지금도 부적처럼 집안에 두고 있다.)

배불러 더없이 행복했던 그 시간, 식구들과 함께 마당의 멍석 위에서 저녁밥을 먹은 뒤, 나는 대문 밖 보릿짚 더미 위에 드러누워 하늘의 별들을 바라본다. 이웃에 사는 내 또래의 그 아이도 저녁 먹고 나와 내 곁에 눕는다. 두 아이는 별밭을 바라보면서 도란도란 이야기도 하고 노래도 부른다. 당시의 동요들은 왜 그런지 모르지만 곡조나 가사가 슬픈 것이 많았다. 그러나 아직 슬픔이 뭔지 모르는 나이인지라, 우리는 그 슬픈 노래를 명랑하게 목청 높여 부른다. 배부르게 먹은 보리밥 소화 잘 되고 있다고, 보리방귀가 뽕뽕 터진다.

해 저무는 밤하늘에 별이 삼형제
반짝반짝 정답게 속삭이더니
웬일인지 별 하나 보이지 않고
남은 별만 둘이서 눈물 흘리네

삼형제 별은 북두칠성 아래쪽에 있는 삼태성이다.

밤하늘의 별들은 오래 바라보고 있어도 별로 싫증이 나지 않는다. 오, 은하수의 은빛 유장한 흐름이여! 수많은 별들이 말곳말곳 숨쉬고 있는 밤하늘, 문득 별똥별 하나 떨어진다. 순간적으로 나타났다가 사라지는 빗금, 그 빗금의 날카로움을 아이는 가슴에 느낀다. 별똥별은 지상의 누군가 죽었다는 뜻이란다. 지상의 어둠 속에서 반딧불이가 난다. 푸른 금을 그으며 어둠 속으로 사라진다. 사자의 영혼이란다. 하늘의 별빛이 내려와 두 아이의 몸을 푸르게 비춘다. 어둠 속에서 별빛을 반사하는 두 아이의 검은 눈망울들. 감나무 잎들도 별빛을 받아 번들거린다. 초가지붕 위에는 하얀 박꽃, 그리고 뒤란의 치자꽃도 하얗게 피어 있었지. 코끝에 와 닿는 치자꽃 향기…… 밤이 이슥해져, 동무는 집으로 돌아가고 아이 혼자 보릿짚 더미에 남아 잠이 든다. 국자 모양의 북두칠성이 바닷물을 퍼 올릴 듯이 아래로 기울어져 있다. 하늘에서 별빛과 함께 이슬이 내려온다. 이슬은 맑고 차다. 아이는 잠결에 몸을 옴츠리면서 보릿짚 속을 파고든다. 만상이 잠든 자정 녘, 별빛과 이슬을 맞으며 호박순이 몰래 뻗어간다. 보릿짚 속의 아이도 별빛과 이슬을 맞으면서 호박순처럼 자라고 있다.

2부

소설가는 늙지 않는다

나는 사과한다

"아우슈비츠 이후 서정시를 쓰는 것은 야만이다"라고 독일 철학자 아도르노는 말했다. 베르톨트 브레히트도 그의 시 「서정시 쓰기 어려운 시대」에서 다음과 같이 야만의 나치즘을 개탄했다.

나무에 대하여 이야기하는 것이
세상에 널린 참혹함에 대한 침묵이므로
거의 죄악이라면 그 시대는 어떠한 시대인가.

아우슈비츠는 홀로코스트(유태인 대학살)의 상징인데, 지금으로부터 33년 전 내가 처음으로 제주 4·3사건을 소재로 한 작품 「순이 삼촌」을 쓸 때의 내 생각도 그와 비슷했다. 4·3사건을 말하지 않고 서정시를 쓰는 것은 야만이라고, 나는 자신에게 다짐했었다. 그 대학살 사건은 오랜 세월 동안 역대 독재정권들에 의해 발설 못하게 철저히 금압당해왔기 때문에 당시의 나로서는 그것이 서정도 웃음도 들어갈 수 없는 절대적 사건으로 여겨졌던 것이다. 보도연맹의 학살 사건도 마찬가지였다. 아무도 그 사건들에 대해서 말하지 않았다. 자신의 부모가 왜 죽었는지, 그 사건이 무엇인지 자식들도 모르는 경우가 많았다. 유신정권의 공포정치가 그렇게 만들었다. 얼마나 무서운 사회였던가.

그러나 이제는 세월이 많이 흘렀다. 군사독재는 물러나고, 그에 따라 그 사건도 금기의 음습한 그늘을 벗어나 자신의 모습을 어느 정도 보여줄 수 있게 되었다. 그러므로 이제는 4·3의 글쓰기도 조금은 너그러워야 하지 않을까, 하는 생각이다. 모든 걸 엔터테인먼트와 쇼로 만들어버리는 이 경박한 시대에 해묵은 엄숙주의만을 고집하다간 비웃음을 당하기 십상이지 않겠는가. 그 참상을 진상에 가깝게 리얼하게 그리는 것은 물론 중요하다. 그렇지만 그렇다고 해서, 모든 작품이 그래야 한다면 오히려 역효과를 자초하게 될 것이 분명하다. 너무도 끔찍한 참상이어서 그것을 리얼하게 재현한 작품은 독자에게 공포를 일으키거나 알레르기 반응을 일으켜 외면당하기 쉽기 때문이다. 공포는 연민을 압도하기 마련이다. 그러니 그 참혹함에서 한 발짝 물러난 작품, 즉 공포보다는 연민을 일으킬 수 있는 작품이 필요하다.

나는 몇 년 전 이태리 영화 〈인생은 아름다워〉(로베르토 베니니 감독, 1997)를 **보고 크게 감동을 받은 바 있다.** 그 영화는 홀로코스트의 절망과 공포를 경쾌한 유머로 꿰뚫으면서 밝은 미래에 대한 강한 확신을 보여준다. 비극 속에 잘 배치된 유머와 미래에 대한 전망이 퍽 마음에 들었다. 그 제목은 멕시코에 망명해 있던 러시아 혁명가 트로츠키의 유언장에서 빌려온 것이라고 했다. 스탈린이 보낸 암살자가 조만간 들이닥치리라는 걸 알고 있었던 트로츠키는 어느 날 창 너머 아름다운 아내 나타샤를 바라보면서 유언장을 썼는데, 그 일부를 소개하면 다음과 같다.

마당에 있던 나타샤는 방금 창가로 다가와서, 공기가 더 자유롭게 드나들도록 하기 위해서 창문을 활짝 열어젖혔다. 나는 마당의 벽을 따라 자라고 있는 밝은 초록빛 풀들과 그 벽 위의 맑게 갠 푸른 하늘, 그리고 사방에 가득한 햇빛을 볼 수 있다. 인생은 아름답다. 우리 뒤에 올 세대들이 인생에서 죄악, 억압, 폭력을 말끔히 씻어내어, 인생을 한껏 즐겁게 누릴 수 있기를.

그 말이 맞다. 글 쓰는 자는 어떠한 비극, 어떠한 절망 속에서도, 인생은 아름답다고, 인생은 살 만한 가치가 있다고 독자에게 확신시키는 것이 더 중요하다는 각성이 생겼다. 이제는 비극에 서정과 웃음을 삽입하는 일을 꺼려서는 안 되겠다. 비극을 더 선명하게 부각하기 위해서라도, 혹은 비극을 넘어서는 어떤 전망을 보여주기 위해서라도 서정과 웃음을 작품 속에 적절하게 배치하는 것이 필요할 것이다.

그래서 나는 그동안 등한히 하거나 무시했던 나무와 꽃에게, 달과 강에게 사과한다. 그리고 그것들의 아름다움을 노래한 서정시에 대해서도 사과한다. 그리고 싸우는 동안 증오의 정서가 필요했고, 증오가 가득한 가슴으로는 '사랑'이란 말만 들어도 속이 느끼했는데, 이제 나는 그 사랑이란 두 글자에 대해서도, 그것을 노래한 사랑의 시에 대해서도 머리를 조아려 사과를 한다.

소설가는 늙지 않는다

마지막 시민

내 또래의 문인들이 대개 그랬던 것처럼, 나 역시 젊은 시절 한때 카뮈와 사르트르 등 프랑스 작가들에게 매료된 적이 있었다. 그중에 가장 낯설면서도 야릇한 매력을 준 것이 대학 1학년 때 읽은 카뮈의 『이방인』이었다. 지중해의 뜨거운 태양이 눈부셔서 살인을 했다는 주인공 뫼르소의 '부조리'한 행동은 나를 어리둥절하게 만들면서 동시에 나에게 뭔가 새로운 비전을 일깨워 주는 듯했다. 그 캐릭터는 그보다 앞서 있었던 도스토옙스키의 라스코리니코프나 카프카의 K의 변형인데, 아직 그 작품들을 읽지 못했던 터라 놀라움이 컸다.

그런데 그 후 20년쯤 세월이 흘러, 어느 대학이 초청한 강연에서 나는 카뮈에 대해 매우 비판적으로 발언하는 나 자신을 발견하게 되었다. 물론 그러한 발언은 그 당시 나 자신이 몸담고 있던 민주화운동의 맥락에서 나온 것이었다. 나는 그 강연 자리에서, 카뮈가 자신의 그 잘난 부조리 철학을 대서특필하기 위해서 뫼르소로 하여금 아무 이유도 없이 알제리 아랍인을 죽이도록 만들었다고, 비판했다. 식민지 알제리의 아랍인들이 점령국 프랑스로부터 독립하기 위해 절망적 투쟁을 벌이고 있는 현실에서 어떻게 하필이면 무고한 알제리 아랍인을 골라 죽일 수 있느냐고, 제법 아는 척하면서 떠들어댔다. 물론, 그 무렵 운동권의 교양 도서였던 프란츠 파농의 『대지의 저주받은 자들』을 나도 시늉일망정 조금은 읽어둔 터였다. 저명한 혁명 사상가였던 그는 알제리의 독립투쟁 조직의 핵심 멤버였다.

카뮈는 알제리 출신이었다. 작품들 대부분이 자신이 태어나고 성장한 알제리를 무대로 삼고 있을 정도로 알제리에 대한 그의 사랑은 의심의 여지가 없다. 그러나 인구 99퍼센트를 차지하는 아랍인 사회 속에 1퍼센트도 채 못 되는 프랑스-알제리인 출신이었던 그는 자신을 알제리인 이전에 프랑스인이라고 생각하고 있었다. 그는 식민지 알제리인들이 처한 곤경을 동정하여 돕기도 했지만, 독립투쟁에 대해선 반대였다. 그러한 그의 입장은 독립투쟁을 지지하는 사르트르를 비롯한 프랑스의 진보적 지식인 그룹의 입장과 정면에 배치되는 것이었다. 알제리를 포함한 식민지들은 프랑스의 일부여야 한다는 것이 카뮈의 생각이었다. 노벨문학상 수상차 스톡홀름에 갔을 때, 그는 한 대학생이 그의 처신을 비난하자 이렇게 답변했다.

"나는 알제리의 거리들에서 자행되는 맹목적 테러를 거부해야 한다. 왜냐하면 그 테러들은 나의 어머니, 혹은 나의 가족을 해칠 수 있기 때문이다. 나는 정의를 믿는다. 그러나 나는 정의에 앞서 나의 어머니를 지키겠다."

물론 여기서 '정의'란 알제리 독립 혹은 독립투쟁이다. 그것이 정의인 줄 알면서도 그것보다는 가족이 더 중요하다는 그의 발언은 알제리 독립투쟁 세력은 물론 프랑스의 진보적 지식인들을 크게 실망시켰음은 물론이다. 별로 위급한 상황도 아닌데 자신의 가족의 안위를 위해 제국주의를 용납해야 하는가, 공동체의 공동선보다 개인사가 더 중요한가? 그런데 그의 이 발언이 어폐가 있는 것은 카뮈에게 있어서 알제리 독립은 정의가 아니었다는 점이다. 식민지들은 프랑스의 일부여야 한다는 것이 그의 소신이었으니까.

한편 사르트르는 알제리 독립투쟁을 적극 지원했는데, 그의 활동이 얼마나 정열적이었던지 그 투쟁이 '사르트르의 전쟁'이라고 불릴 정도였다. 사실상 그는 식민지들을 잃지 않으려는 프랑스와 프랑스 국민을 상대로 싸운 것이다. 사악한 전체인 사회와 맞서 싸운 것이다. 이러한 활동은 우파 세력에게 깊은 적개심을 심어주어 우파로부터 조국 프랑스를 거역하고, 제 나라의 동포를 심문한다고 맹렬한 공격을 받아야 했다. 심지어 그의 아파트 출입구에 폭탄이 터지는 사건이 발생하기도 했다. 사르트르가 반대한 우파의 애국주의는 식민주의, 제국주의의 다른 이름이었다. 점령국의 애국주의와 점령국의 지배에서 벗어나려는 피점령국의 애국주의 사이에서 진정한 작가, 지식인이라면 어느 쪽을 지지해야 하나? 카뮈와 사르트르, 둘 다 실존주의 대표 작가였지만 각기 걸어간 길은 그렇게 달랐다. 노벨문학상을 수상한 한 사람은 식민주의자에 가까웠고, 노벨문학상 수상을 거부한 또 한 사람은 반식민주의자였다.

또 한 사람의 노벨문학상 수상자인 프랑스 작가 클로드 시몽, 그는 한때 프랑스 문학의 큰 관심사였던 앙티로망(반소설)의 대표적 작가였다. 평소에 정치에 별 관심 없던 그가 뜬금없이 대단한 애국자처럼 무대 앞에 등장하여 정치적 망언을 하여 물의를 일으킨 것은 1995년 8월께였다. 내가 그때를 기억하고 있는 것은, 그때가 마침 제2차 세계대전의 종전 50주년을 맞는 해였고, 그것을 기념해서 일본에서 열린 국제 심포지엄에 내가 참석했을 때 발생한 사건이었기 때문이다. 전쟁의 가해국인 일본과 독일, 피해국인 한국과 네덜란드의 작가 각각 한 명씩 참가한 그 심포지엄은 늘 전쟁의 도화선이 되고 있는 강대국의 식민주의·제국주의를 비판하는 자리였다.

그런데 이틀 동안의 그 심포지엄이 끝날 무렵에, 마치 그 행사의 연장인 것처럼 클로드 시몽의 망언 사건이 터졌다. 그 심포지엄에서 나의 상대역은 일본의 저명한 반전 평화운동가이며 작가인 오다 마코토였는데, 고맙게도 그의 집에서 하룻밤 신세를 질 수 있었던 나는 이튿날 아침에 그로부터 희한한 얘기를 들었다. 방금 전에 어느 불문학 교수로부터 전화가 왔는데, 프랑스의 노벨문학상 수상자 클로드 시몽이 일본의 노벨문학상 수상자인 오에 겐자부로를 공격하면서 동시에 일본 국가를 모욕하는 황당한 글을 〈르몽드〉지에 실었으니 어떻게 대처하면 좋겠느냐고 조언을 구하더라고 했다. 그러면서 그는 일본 국내 불문학 전공 출신 지식인들을 모아 항의 성명을 낼 계획이라고 했다. 불문학을 존중하고 세련된 프랑스 문화를 사랑해온 그들에게 이번의 원폭 실험과 그것을 지지한 최고 작가의 발언은 너무도 실망스러웠던 것이다. 오에 겐자부로 역시 불문과 출신이었다.

사건의 전말은 이러했다. 바로 얼마 전에 프랑스가 남태평양의 어느 섬에서 감행한 핵실험이 사건의 발단이었다. 오에가 그에 대한 항의로서 프랑스에서의 어떤 대회 참석을 보이콧했는데, 엉뚱하게도 시몽이 맞불을 놓으며 나온 것이다. 그런데 시몽의 발언은 그의 진지한 예술과는 너무도 동떨어진 비문학적이고 천박한 것이었다. 그는 원폭의 필요성을 주장하면서, 제2차 세계대전 때 일본의 동아시아 점령을 비난했다. 인류의 평화와 복리를 위해 제정된 노벨상 수상 작가가 원폭의 필요성을 주장하다니, 정말 어처구니없는 일이었다. 게다가 식민주의 프랑스가 식민주의 일본을 나무란다는 것은 한 도둑이 다른 도둑을 도둑이라고 비난하는 것과 같지 않는가.

그러나 오에는 다르다. 그는 노벨문학상 수상소감에서도 '일본이 특히 아시아인들에게 큰 잘못을 저지른 것은 명백한 사실'이라고 천명했고, 오다 마코토 등과 더불어 천황제와 일본의 식민주의(제국주의)를 공개적으로 비판해온 사람이다. 그 때문에 우익세력의 미움을 산 그는 전화 협박에 시달려, 전화 대신 팩스를 사용하고 있는 형편이다. 프랑스의 사르트르의 경우처럼 오에의 글과 행동은 우익뿐만 아니라, 일반 시민들의 시각에서도 비애국적인 것으로 보일 것이다. 그래서 그들의 싸움은 사회 전체를 대상으로 한 투쟁, 여론을 획득하기 위한 투쟁이어야 했다. 강대국의 애국주의(내셔널리즘)는 최악의 범죄, 즉 식민지에 대한 가혹한 억압과 전쟁을 초래할 뿐이라는 것이 그들의 신념이었다.

이 글에 등장한 세 명의 노벨상 수상자와 한 명의 노벨상 수상 거부자의 발언과 행적을 보면서, 우리는 과연 무엇이 진정한 작가, 진정한 지식인인가를 새삼 생각해보게 된다. 아도르노의 경구를 빌려 말한다면, 사악한 전체인 사회에 맞서 저항한 '시민의 적이면서 최후의 시민'이야말로 진정한 지식인, 진정한 작가가 아닐까.

덩덕개

가장 강하고 빠른 자가 선택된다.

한라산 밑 초원지대의 어느 마을 공동 목장, 한낮의 평온한 정적이 깔려 있는 초원에 별안간 우당탕탕 지진처럼 땅울림 소리가 일어난다. 소 여남은 마리가 떼 지어 동산을 넘어와 무섭게 내달린다. 맨 앞의 암소를 좇는 수컷들의 혼신의 힘을 다한 질주다. 사나운 발굽들에 밟혀 사정없이 풀들이 쓰러지고 풀냄새가 짙게 풍긴다. 마침내 기진맥진해진 암컷이 달리기를 멈추고 두 다리를 쩍 벌린다. 가장 강하고 빠른 자가 선택된다. 수놈 하나가 암놈 뒤에 벌떡 올라타는 순간, 소 떼의 질주는 끝난다. 선택에서 배제된 수컷들이 그 주위에서 떠나지 않고 콧김을 씽씽 뿜으며 서성거리는 사이, 선택된 자는 벅찬 쾌감으로 힘차게 정액을 분출한다.

해남 대흥사 근처, 흰 눈 위에 붉은 동백꽃들 깔린 마을 길에 이른 아침부터 경사가 벌어진다. 암내를 맡은 동네 수캐 다섯 마리가 암컷을 좇아 눈보라를 일으키며 무섭게 질주한다. 마침내 가장 강하고 빠른 자가 선택된다. 운 나쁜 나머지 수컷들이 혀를 빼물고 헐떡거리지만, 그러나 선택 못 받았다고 아쉬워하는 기색은 없다. 실망해서 흩어지기는커녕, 도리어 교미 현장을 둘러싸고 보호하는 품새다. 얼씨구 잘한다, 덩덩 덩더꿍, 하고 추임새를 매기면서 격려하는 것 같다고 해서, 옛사람들이 그런 수캐들을 덩덕개라고 불렀다. 덩덩 덩더꿍, 그 추임새에 격동되어 선택된 자의 정액은 힘차게 분출한다.

그렇게 분출된 삼 억의 정충들이 꼬리를 흔들면서 난자를 향해 필사적으로 돌진한다. 그중에 백 개가 난자 주위를 선회하다가 마지막으로 한 개가 선택되면 나머지들은 경쟁자에서 협력자로 바뀐다.

이름들

사물의 이름들은 사실은 그 사물의 이름이 아니라고 노자는 말했다. 세상에는 사물 없는 이름들, 실체가 없는 이름들이 횡행하고, 사물을 왜곡한 이름들도 많고, 이름 없는 사물들도 많다.

먼 옛날부터 한반도 남북 어디에서나 똑같이 사용해왔던 '인민'이란 단어는 한국전쟁 이후 어쩌다가 북쪽만의 전용어가 되어서, 남쪽에서 사용될 경우엔 본래의 뜻과 달리 심각한 정치적 문제를 야기할 수 있는 기호가 되어버렸다. 그래서 남쪽의 민중운동은 금기어가 되어버린 '인민' 대신에 '민중'이란 단어를 재발견하지 않으면 안 되었다.

인혁당 사건이 있었다. 박정희 정권의 조작에 의해 사회주의 성향이 있어 보이는 인사 스물세 명이 구속 기소되어, 선고 18시간 만에 그중 여덟 명이 사형에 처해지고 나머지 열다섯 명에게는 무기징역 등의 중형이 내려진 사건이다. 인혁당 즉 '인민혁명당'은 실체가 없는 명칭으로 박정권이 임의대로 작명한 것이었다. 적색을 뜻하는 '인민'을 '혁명'에 결합해서 '인민혁명당'을 조작한 것이다. 날조된 이 사건이 의미하는 바는 비록 무죄한 자일지라도 수틀리면 얼마든지 법에 걸어 죽일 수 있다는 것이었다.

전쟁에서 사용되는 작전명이나 무기의 이름들은 그 실체와 전혀 관계없는 경우가 많다. 지난 전쟁들의 작전명 중에는 '쥐잡기'(Rat Killer) '토끼몰이'(Rabbit Hunt) 같은 것들이 있는데 인간을 쥐나 토끼로 취급한다. 그래야 양심의 가책을 덜 느끼고 살인할 수 있는 것이다. 전자는 지리산 토벌에서, 후자는 한라산 토벌과 베트콩 토벌에 사용된 작전명이다. 태평양전쟁 당시 일본군은 조선인을 포함한 전쟁 포로들을 생체실험용으로 최소 3천 명을 학살했는데, 그 희생자들을 인간이 아닌 마루타, 즉 통나무라고 불렀다.

그와 달리 매우 낭만적인 명칭이 쓰인 경우도 있었는데, 예컨대 일본은 그들의 가미가제 비행기를 '야화'(夜花)라고 불렀고, 히로시마에 투하한 원자폭탄은 키가 작았던 프랭클린 루즈벨트의 별명을 따서 '리틀보이'(Little Boy)라고 했다. 그리고 원폭 투하의 성공을 백악관에 알리는 암호문은 'The baby is born'이었다. 닉슨 재임 시 한반도에 부분 핵전쟁 계획을 세웠다가 폐기한 일이 있었는데, 그 암호가 놀랍게도 '자유투하'(Freedom Drop)였다. '자유'라는 이름의 핵폭탄, '자유'를 위해 한반도에서 핵전쟁을 벌이겠다는 거였다. 부시 재임 시에도 한반도에 국지 전쟁을 심각하게 고려했다고 하는데, 민족의 운명이 남의 손아귀에 잡혀 있다는 생각을 하면 소름이 끼친다.

자유·자유세계·자유진영 등등, 미국이 표방한 '자유'는 모든 것에 우선하는 강력한 선전력을 지니고 있어서 피해자들마저 그 폭력을 증오할 줄 모르게 만들어버린다. 한국전쟁 당시 수많은 민간인들이 미군의 공습으로 희생되었는데, 거기에 분노하기는커녕 팔자소관으로 치부해버리지 않았던가. 전쟁은 언제나 '자유'의 이름으로, '해방'의 이름으로, '평화'의 이름으로 행해진다. 자유를 위해서, 해방을 위해서, 평화를 위해서 전쟁을 한다는 것이다.

소설가는 늙지 않는다

이른 봄 숲에 가서

이른 봄엔 유독 바람이 많은데, 그 바람이 여간 쌀쌀맞지 않다. 온갖 초목들이 잎눈·꽃눈을 뜨려고 이제 막 안간힘을 쓰고 있는 판에, 뒷걸음 치던 동장군이 그걸 시샘해서 찬 입김을 불어 심술부린다는 것이다. 일기가 따뜻해졌다가 갑자기 추워지기를 반복하기 때문에 더욱 춥게 느껴진다. 그래서 꽃샘·잎샘 추위에 반늙은이 얼어 죽는다는 속담도 생겨났다. 일찍 핀 매화의 흰 꽃들과 생강나무·산수유나무의 노란 꽃들이 모진 찬바람 속에서 마구 흔들리면서 바들바들 떨고 있고, 거리엔 행인들이 몸을 잔뜩 움츠리고 종종걸음을 친다. 탁 트인 들판과 달리, 콘크리트 정글인 도시에 부는 찬바람은 더 견디기 어려운데, 바람이 고층건물들 사이의 음산한 협곡에 의해 야릇하게 왜곡되어 더 거세게 불기 때문이다. 이른 봄, 도시의 거리엔 물러가는 겨울과 들어서는 봄이 서로 맞부딪쳐 일진일퇴의 대회전이 벌어진다.

꽃샘추위 속에 우리는 북한산을 오른다. 일행은 여섯 명. 우리가 소속한 산악회는 회원이 수십 명이 되지만, 일 년에 두어 번 있는 큰 산행 행사에나 모두 얼굴을 보일 뿐, 일요일의 북한산 산행 참가자는 대개 열 명 이내다. 북한산 산행에서 우리는 산 정상 근처까지 가지 않고 산중턱에 퍼질러 앉아 음주 담소를 즐긴다. 때문에 우리 산악회는 어엿한 명칭이 있음에도 불구하고, 불명예스럽게도 이웃 산악팀에 의해 '중턱 산악회'라고 불린다. 말하자면 산행은 핑계고 음주가 목적인 셈이다.

등산길 초입에서 우리는 대나무 숲이 허옇게 죽어 있는 것을 보면서 끌끌 혀를 찬다. 남방식물이지만, 옮겨 심은 지 여러 해 동안 온난화 현상 덕분에 잘 번식하더니, 드디어 변을 당하고 말았다. 푸른 대숲 전체가 죽어서 허옇게 변하는 떼죽음 현상은 아주 드문 일이어서 우리는 기분이 영 언짢다. 한겨울 찬바람 속의 푸른 기상 때문에 옛 선비의 사랑을 받던 사군자 중 하나가 아닌가. 대숲은 뿌리 내린 토양에 영양분이 고갈되면 백 년에 한 번쯤 꽃 피워 열매를 남기고 스스로 죽는다고 하지만 그런 현상은 아닐 테고, 분명히 유난히 추웠던 지난겨울의 혹한에 얼어 죽었을 것이다. 겨울 산행 때는 주위의 흰 눈 때문에 별로 눈에 띄지 않다가 봄이 되어 그 을씨년스러운 몰골이 드러난 것이다.

내가 으쓱, 아는 척하고 말한다. 대나무는 워낙 따뜻한 지방에 자라는 거잖아. 대나무가 자랄 수 있는 북방한계선이 있거든. 그걸 무시하고 옮겨다 심어서 그렇지. 원래 천안 아래쪽에만 자라는 풀이지. 우리 아파트 근처 작은 공원에도 몇 년 전에 대나무를 갖다 심었는데, 이번 추위에 다 죽었어. 재미있는 얘기 하나 해줄까. 옛날에 제주 선비들과 평양 선비들이 서울에 과거보러 갔다가 사석에서 대나무 논쟁이 벌어졌다는 거야. 평양놈은 한 해에 한 마디씩 자란다고 주장하고, 제주놈은 대나무의 모든 마디는 처음부터 죽순 속에 만들어져 있다고 우겨댔지. 어느 쪽이 맞은 것 같아? 일행 중 내 또래의 해직 기자가 고개를 갸우뚱하면서 말한다. (허위에 대해 알레르기를 심하게 앓곤 하는 그는 전두환 때 바른 소리 했다가 해직당한 바 있다.) 네 얘긴 그러니까, 팔이 안으로 굽는다고, 제주 선비 쪽 주장이 맞다는 거야, 뭐야? 대나무는 한 해에 한 마디씩 자라는 게 맞잖아. 소나무도 잣나무도 한 해에 한 마디씩 자라. 내가 가소롭다고 껄껄 웃는다. 너도 서울내기라 그 평양놈들하고 똑같구나. 내가 제주 촌놈 출신이라 대나무에 대해선 좀 알지. 어릴 때 살던 집 뒤란에 대숲이 있었거든. 평양은 북방한계선에서 한참 북쪽이잖아. 거긴 대나무가 없어. 그러니 그들이 대나무에 대해서 뭘 알겠냐구. 해직 기자가 고개를 갸우뚱한다. 죽순 속에 이미 마디들이 만들어져 있다고? 내가 말한다. 그렇다니까. 그런데도 평양것들이 적반하장 격으로 제주 촌놈이 뭘 알겠냐면서 막무가내로 우겨댄 거야. 결국 그 논쟁에서 이긴 쪽은 평양놈들이었지. 평양놈들이 제주 놈들보다 숫자가 훨씬 많았거든. 왜, 목청 큰 놈이 이긴다고, 틀린 것도 다수가 목청 높여 우기면 맞는 것이 되는 것이지, 껄껄껄. 그러자 그가 곧바로 눈을 흘기면서 면박 준다. 흠, 이봐, 제주 백성! 너무 잘난 척 마라. 너도 노랑제비꽃과 양지꽃을 구별 못 했잖아. 심지어는 노랑제비꽃을 아기똥풀꽃이라고 박박 우기기까지 했지? 제비꽃은 앉은뱅이지만 아기똥풀꽃은 꽃 키가 장다리잖아. 그것도 구별 못 하다니, 말이 안 되지. 올봄엔 구별할 수 있겠어? 자, 올라가면서 보자구. 노랑제비꽃, 양지꽃들이 벌써 피어 있을 거야. 봄을 알리는 전령이니까.

내가 산행 벗들을 따라 북한산의 나무와 풀의 이름을 익히기 시작한 것은 재작년부터다. 더 이상 새로운 사람을 사귀기가 귀찮아진 나이에 이르러 그 대신에 북한산의 나무와 풀과 사귀기 시작한 것이다. 이십 년 훨씬 넘게 오르내렸건만, 산의 실체를 이루고 있는 나무와 풀에 대해 그동안 너무 무심했다. 사람이나 사물이나 잘 사귀려면 이름을 알고 이름을 부르고, 이름이 없으면 이름을 지어주어야 한다. 나무와 풀의 이름을 익히기 시작하자 산행의 기쁨은 두 배로 커졌다. 이름을 익히기가 쉽지 않다. 식물도감을 사다놓고 복습도 하면서, 여러 번의 확인 과정을 거쳐야 한다. 그렇게 해서 정성 들여 이름을 익히고 나면, 그 나무 그 풀 그 꽃 들은 내가 부를 때마다 반색하면서 가깝게 다가온다.

나는 일행을 맨 후미에서 따라가면서, 그 노란 꽃들을 찾아 오솔길 양옆을 두리번거린다. 그러다가 올해 처음 보는 노랑제비꽃을 옛 성터 돌 틈에서 발견한다. 대숲을 동사시킬 정도로 그렇게 겨울 추위가 혹독하더니, 그래도 봄은 기어코 오고 마는구나! 지난봄 이맘때, 노랑제비꽃, 양지꽃, 그리고 뱀딸기꽃을 놓고 가타부타 논쟁을 벌이던 일이 생각난다. 일행 중 한 시인이 있어 다음의 시를 남겼다.

서로 만난 지 어언 스무 해도 넘은
글쟁이, 선생에다 정치, 사업하는 이들까지
두루 구색 갖춘 우리 〈무명산악회〉
〈술 산악회〉 아니 〈중턱 산악회〉라는 별명 붙었지요

매주 일요일 북한산 두어 시간 찔끔 오르고

거기서 시작되는 술판이 하산 후에도 이어져

"한 잔만 더, 딱 한 잔만 더" 하면서

늦게까지 2차 3차 하지요

80년대 서슬 푸른 군부독재 시절

제 깜냥껏 그래도 용기백배 싸우다가 우리 중에

감옥 갔던 사람, 매 맞았던 사람, 도망 다녔던 사람, 밥줄 잃었
던 사람들

그 독한 울분 술로써 삭혔지만

이제 이빨 다 빠진 호랑이들처럼 늙어가

지금 우리 산악회 중요한 이념이라면

"산행은 짧고 여흥은 길다"라나 뭐라나

우리 그럭저럭 사이좋게 지내는 사이지만

지난주 북한산 수풀 속 반짝 눈뜬 샛노랑 꽃

양지꽃인가? 노랑제비꽃인가? 뱀딸기꽃인가?

정말 오랜만에 피 터지게 싸웠어요

싸우다 싸우다 우리 중대한 결론에 이르렀지요

"그래도 봄 되면 노랑꽃은 피어난다"라는

— 양정자, 「무명산악회」 전문

소설가는 늙지 않는다

뒤에 처져서 이리저리 한눈팔며 걸어가던 나는 산 중턱 능선에서 결국 일행을 놓치고 만다. 이날따라 평소 잘 안 다니는 낯선 코스를 택한 것이다. 나중에 나를 찾는 전화가 오지만, 길눈 어두운 나는 그들을 따라가기를 단념한다. 나중에 하산해서 우리가 늘 가는 그 맥줏집에서 보자고 말하고 나자, 야릇한 해방감이 느껴진다. 이탈이다. 일행으로부터 이탈, 이왕 이렇게 된 바에야, 내친 김에 닳고 닳은 등산길로부터도 이탈하자. 늘 하듯이 숲을 위에서 내려다볼 것이 아니라, 숲 가운데 들어가 그곳의 정적이 어떤 것인지 느끼고 싶다.

나는 능선 오른쪽의 넓고 깊은 골짜기 숲에 들어가기로 한다. 이 숲은 참나무과 나무들이 주종을 이루고 있을 것 같은데, 과연 내 추측이 맞을까? 신갈나무 떡갈나무 갈참나무 졸참나무 굴참나무 상수리나무 들, 지금은 잎 털려 앙상한 빈 몸이지만, 곧 신록의 고운 옷을 입을 것이다. 그리고 저기, 골짜기 맞은편 비탈에 큰 나무들 여러 그루가 험한 모습으로 쓰러져 있는데, 그 현장도 가까이 가서 보고 싶다. 직립의 나무들로 빽빽한 숲의 한 귀퉁이가 휑하니 허물어져 있는 것이다.

나는 등산객 행렬이 계속 이어지는 등산길을 버리고 골짜기의 비탈을 내려가기 시작한다. 내 뒤통수에 다른 등산객들의 따가운 시선이 느껴진다. 저 사람이 길도 없는데 왜 저길 내려가지? 똥이 마려운가? 하기는 언젠가 산행 중 갑자기 똥이 마려워 등산길 바로 아래 비탈에 아슬아슬하게 붙어서 일을 본 적이 있다. 이른 봄, 화사하게 핀 진달래꽃 덤불 뒤에서 알궁둥이를 드러낸 채 나뭇가지를 두 손으로 움켜쥐고 용을 쓰면서 아등바등 매달려 있는 그 우스꽝스러운 꼴이라니! 나는 낙엽이 두툼하게 덮인 산비탈에 스틱을 짚으면서 미끄러지듯 내려간다. 앞으로 약 두 시간, 산 아래의 그 맥줏집에서 그들과 재회할 때까지, 짧은 시간 동안이지만 집중적으로 인적 없는 숲 한가운데를 경험해볼 생각이다.

짐작한 대로 숲에는 참나무들이 많다. 잎이 떨어져서 종류 구별은 어렵지만. 굵은 몸통, 높은 키와 거친 수피를 봐서 참나무과가 분명하다. 참나무들이 주종이긴 하지만, 소나무 군락도 보이고, 물오리나무 팥배나무 노간주나무 노린재나무 들도 드문드문 자리 잡고 있다. 그러나 드문드문 서 있는 소나무와 노간주나무 들이 보여주는 약간의 푸른색을 제외하면 숲은 온통 무채색이다. 헐벗고 여위고 거무충충하다. "산은 한겨울을 지나면 앓고 난 얼굴처럼 수척하다"라고 한 법정 스님의 말이 떠오른다. 무채색의 풍경 속에서 나는 봄의 징후를 찾아 이리저리 두리번거린다. 노랑제비꽃 양지

소설가는 늙지 않는다

꽃이 낙엽을 들추고 얼굴을 내밀고 있고, 엷은 보라색의 현호색 꽃도 보인다. 좀 더 걸어가다가 숲의 한 귀퉁이 저쪽에 작렬하듯 샛노란 빛을 발견한다. 생강나무 꽃일 게다. 그렇지, 생강나무 꽃이 피었으니 이 숲 어딘가에 산수유나무도 노랗게 꽃을 피웠을 것이고 며칠 내로 진달래도 꽃망울을 터뜨릴 것이다.

주위가 어느새 조용해졌다. 등산길에서 멀어져서 더 이상 사람 말소리가 들리지 않는다. 사람들의 발길이 좀처럼 닿지 않는 곳이라 은근히 소심증이 생긴다. 발밑에 낙엽 밟혀 부시럭거리는 소리에도 신경 쓰인다. 조용한 숲 속, 부동의 풍경 속에서 한 침입자가 부스럭거리며 움직인다.

골짜기 바닥에 다 내려온 나는 신갈나무 몸통에 기대어 잠시 숨을 돌린다. 바람 한 점 없는 한낮. 숲은 낯선 정적 속에 놓여 있다. 팽팽한 긴장감이 느껴지는 정적, 그 정적 속에 시간마저 정지한 것 같다. 직립의 나무들처럼, 시간이 직립으로 멈춰서 있는 느낌이다. 잎 털린, 빈 가지들 사이로 봄볕이 따스하게 퍼진다. 바닥에 깔린 낙엽들은 봄볕을 받아 서서히 대지 속으로 빨려들어가는데, 그 위로 희미하게 수증기가 피어오른다. 허공에 그물친 수많은 나뭇가지들에도 봄볕이 따스하게 스며들고 있다. 벌써 가지마다 물이 올라 부풀어 있다. 신갈나무 몸통에 귀를 대고 눈을 지그시 감아본다.

희미하게 물소리가 들리는 듯하다. 나무 몸속의 수많은 수맥을 따라 가지 끝까지 세차게 솟구치는 물의 힘이 느껴지는 것 같다. 지금 숲은 숨을 죽이고 긴장하고 있다. 정적과 정지된 시간, 앞으로 열흘 전후해서 숲은 참았던 숨을 터뜨리면서, 정적과 정지된 시간을 깨뜨리면서, 환희의 아우성과 함께 일제히 깨어날 것이다. 숲의 수많은 나뭇가지들이 일제히 푸른 잎눈을 터뜨릴 것이다.

골짜기 바닥을 가로질러 맞은편 비탈을 기어오른 나는 바로 그 등성이에서 태풍에 쑥대밭이 된 아까시나무 군락을 만난다. 뿌리가 얕은 천근성의 나무인지라 강풍에 속절없이 당하고 만 것이다. 나무의 떼죽음, 아까 본 대숲의 죽음보다 더 충격적이다. 키 큰 나무들 열댓 그루가 뿌리 뽑힌 채 여기저기 널브러져 있다.

나는 앞을 가로막고 길게 누운 아까시나무를 타고 넘어 그 안으로 들어간다. 쓰러진 것은 모두가 아까시인데, 완전히 땅에 누워버린 것들도 있고 뿌리가 반쯤 처들린 채 비스듬히 쓰러져 이웃 나무에 걸쳐진 것들도 있다. 그렇게 낭자하게 무너진 그 공간에서 신기하게도 참나무들은 별 피해가 없다. 졸참나무 한 그루만 아까시가 쓰러지면서 덮치는 바람에 큰 가지가 찢겨 나갔을 뿐이다. 뽑혀 나온 큰 뿌리들마다 크고 넓적한 붉은 흙덩이가 들러붙어 있고, 기다란 곁뿌리들이 굵은 밧줄처럼 여기저기 땅거죽을 찢고 밖으로 드러나 있다. 그 붉고 넓적한 흙덩이에 문어발처럼 뻗은 곁뿌리들과 수염발처럼 생긴 실뿌리들이 험상궂게 엉겨 붙었는데, 더 큰 것들은 무너진 집의 흙벽처럼 보인다.

지난여름 태풍이 할퀴고 간 상처들이 분명하다. 그 태풍의 전조가 있던 날, 우리 일행은 북한산에서 산행 중에 있었다. 그날의 기억이 생생하다. 그날도 예외 없이 점심 먹으면서 술을 불콰하게 마셨는데, 하산 중에 강풍을 동반한 폭우를 만났다. 비옷을 꺼내 입었지만, 아무 소용 없이 금방 옷이 쫄딱 젖어버렸다. 능선에서 내려다본 이 숲은 전체가 거센 비바람에 휩쓸리면서 격랑의 바다로 변해 있었다. 쏴아, 쏴아, 나뭇잎 나뭇가지 들이 휩쓸리는 소리가 파도소리처럼 들렸고, 바람에 뜯긴 나뭇잎들이 초록 나비 떼처럼 허공을 날았다. 취기가 오른 우리 일행의 눈에 그것은 비바람을 환영하는 환호작약의 춤처럼 보였다. 그 격정의 춤을 보자 본능이 시킨 것처럼 우리도 갑자기 야만스러워져 비바람 속에서 고래고래 노래 부르고, 소리 지르면서 홍청거렸던 것이다. 그런데 그 바람이 이튿날 초속 35미터의 태풍으로 변하고 말았다. 그 강풍에 아까시나무들이 쓰러진 게 분명하다. 우리 집 근처의 야산에도 나무들이 큰 피해를 입었고, 그 산 아래 어느 마을에선 교회의 첨탑 끝 십자가가 꺾여 추락하면서 이웃집 슬레이트 지붕을 뚫기도 했다.

　나무들 중에 유독 아까시나무를 싫어하는 고질적 편견을 갖고 있는 나이지만, 그 무참히 작살난 그 광경 앞에서는 어쩔 수 없이 마음이 심란해진다. 태풍 이전에 내가 이곳에 왔더라면, 산중턱까지 진군하여 참나무 숲에 파고든 저 아까시 군락을 보면서 아마 크게 개탄했을 테지. 조선 토종의 참나무 숲을 외래종 아까시들이 잠식하여 결딴내고 있다고 분개했을 테지. 아까시나무의 뿌리들은 땅속 깊이 박히지 못한 대신에 여러 갈래의 곁뿌리들이 표토 밑을 그물처럼 길게 뻗어 나가는데, 그 긴 곁뿌리들이 참나무의 뿌리를 옭아매어 질식시킨다고 나는 믿고 있었다.

　무엇보다 그 나무가 일제의 수탈과 관계가 있어 기분 나빴다. 일제는 조선의 산림을 함부로 벌채해서 작살내고는 산사태 날까봐서 그 자리에 아까시나무를 들여와 심었다고 들었다. 심지어는 조선의 상징나무인 소나무를 질식사시키려고 풍치 좋은 송림 곁에도 아까시나무를 이식했다지 않은가. 아까시뿐만 아니라 다른 외래종들도 싸잡아 나는 싫어했다. 날아온 돌이 박힌 돌을 파낸다는 격으로 외래종이 토종을 밀어내고 있다고 생각했기 때문이다. 그런데 아름답게 무리 지어 피는 달맞이꽃, 코스모스, 개망초꽃도 외래종이란 것을 최근에야 알고 내 생각이 지나친 편견이라는 걸 깨닫기 시작했다.

　작년 언젠가 산행 중에 아까시나무를 놓고 한바탕 말씨름 벌인 적이 있었다. 그땐 고등학교 훈장질 하는 후배와 붙었다. 그는 아까시나무가 무슨 죄가 있다고 그렇게 생떼 부리냐고 하면서 나를 나무랐다. "일제가 나쁘지, 산사태를 막아준 아까시나무가 왜 나쁘냐고. 그 풍성한 흰 꽃 무더기와 그 짙은 향기 그리고 거기서 나오는 아까시 벌꿀도 싫다, 이거지? 내가 왜 화를 내냐면, 형처럼 생각하는 사람이 너무 많아서 그래. 공무원들이 더 문제야. 토종 보호 운운하면서 함부로 아까시를 베어내고 있단 말이야. 그러면 형, 아름다운 달맞이꽃, 코스모스도 싫어하겠네? 아니, 몰랐어? 달맞이꽃, 코스모스도 외래식물이라구. 아니, 귀화식물이라고 해야 옳지. 아까시는 이미 백 년 전에 귀화했지. 이 땅에 귀화해서 당당히 시민권을 갖고 있지. 해롭기는커녕 아주 유익한 식물들이야. 인간이 파괴한 땅을 이 식물들이 복구시키고 있다고. 황폐한 땅을 비옥하게 만들고, 산사태도 막아주잖아. 그런데 왜 그렇게 형은 막무가내로 싫어하는 거지? 형, 혹시 국수주의자는 아니겠지? 낄낄."

　쓰러진 아까시나무들을 처연히 바라보면서 나는 그 후배의 말을 되새겨본다. '국수주의자'란 말에 팩하고 성을 내긴 했지만, 그 논쟁에서 판정패한 쪽은 물론 나였다. '귀화식물의 시민권'이란 말이 지금에야 실감으로 받아들여진다. 맞는 말이다. 내가 지나친 편견에 사로잡혀 있었나보다. 그 나무가 이 땅에 뿌리내린 것이 백 년 세월인데, 아직도 못 받아들이겠다면 말이 안 되지.

나는 이제 그 참사 현장에서 살아남은 참나무들을 둘러본다. 쓰러진 아까시나무들 근처에 굵고 키 큰 신갈나무, 상수리나무 들이 꿋꿋한 자세로 서 있다. 곧잘 인생에 비유되는 이른바 '바람에 믜지 않는 뿌리 깊은 나무'들이다. 그렇게, 참나무들은 인생의 교훈처럼 당당한 자세로 서 있다. 그러나 지금 내 마음은 쓰러진 아까시나무들에게 가 있다. 낭자하게 쓰러진 그 나무들을 보면서 참혹하다는 느낌을 지울 수 없다.

그때 문득 내 눈에 묘한 구도가 잡힌다. 쓰러진 아까시나무들을 반원형으로 둘러싸고 서 있는 참나무들, 그 긴 몸체들이 위로 올라갈수록 원근법에 의해 안으로 깊게 휘어져 보이는데, 공손히 허리 굽힌 모양새다. 아까시나무의 떼죽음을 애도하고 있는 것처럼 허리를 굽히고 있다. 바람도 멎어 있다. 주위에 경건한 정적이 깔린다. 그래, 저 참나무들은 참사에서 살아남았다고 뽐내는 것이 아니라, 공손히 손을 모으고 허리 굽혀 애도하고 있는 거야. 그래서 그 현장은 인생에 또 다른 교훈을 주고 있는 것 같다. 더불어 사는 숲. 참나무가 주류이긴 하지만 거기에 소나무 물오리나무 팥배나무 산

벚나무 노간주나무 가막사리 누리장나무 붉나무 노린재나무, 그리
고 아까시나무처럼 외래종의 초목도 함께 어울려 살아가는 숲 공
동체, 그리고 수십만 다문화 이주민들과 더불어 살아가는 화해로
운 인간 공동체!

남의 살

인간이 동물의 한 종류이긴 하지만, 다른 동물들과 다른 점은, 인간은 종종 전쟁 같은 걸 일으켜 동족을 대량 학살한다는 것이다. 그러한 점에서 도덕적으로 개보다 열등한 것이 인간이건만 인간들이 서로에게 "개새끼!" "개 같은 놈!" "개만도 못한 놈!" 하고 욕하고 있으니 정말 개가 듣고 실소할 일이다.

8월 중순께 산에 가보면, 신갈나무와 상수리나무의 푸른 잎들이 수북이 떨어져 있는 걸 볼 수 있다. 강풍에 뜯겨 떨어진 게 아니라, 가위벌레의 소행이다. 가위벌레가 잘라서 떨어뜨린 나뭇잎에는 어린 도토리들이 달려 있는데, 그 도토리들에 하나같이 구멍이 뚫려 있다. 가위벌레가 거기에다 구멍을 뚫고 알을 낳는 것이다. 그러니까 신갈나무 상수리나무가 제 몸의 일부, 제 살의 일부를 가위벌레에게 내주고 있는 것이다. 가위벌레도 먹고살아야 하니까. 누우 임팔라 가젤 얼룩말도 집단으로 존재하면서 자기 무리 중에 아주 작은 일부를 배고픈 맹수들에게 내준다. 맹수들도 먹고살아야 하니까. 인간도 살기 위해선 남의 살을 먹어야 한다. 그래서 짐승도 먹고, 새와 물고기도 먹는다.

과거 아메리칸 인디언은 사냥할 때면, 기도하는 것처럼 퍽 간절하고 경건한 마음을 지니곤 했다고 한다. 그 짐승들이 잘 다니는 길목에서 기다리면서 새 울음소리 비슷한, 애틋한 음색의 노래를 바람에 실어 보내면 간절한 호소가 실린 그 주술적인 노래를 들은 짐승들은 '인간은 잔인한 것이 아니라, 먹어야 산다'라고 생각하고 연민의 마음에서 제 살을 내준다고 했다. 그러나 지금의 인간은 그렇지 않다.

동물들은 제 살의 일부를 다른 동물들에게 내주는데 오직 인간만은 다른 동물의 살을 빼앗기만 하고, 제 살을 내주지 않는다. 다른 동물들은 오직 생존을 위해서 남의 살을 먹는데, 인간은 배가 불러도 더 먹기 위해서, 혹은 그냥 재미로, 그냥 취미로 남의 살을 빼앗기도 한다. 어디 그뿐인가. 인간은 인간의 살을 빼앗기도 한다.

전쟁은 인간이 인간의 살을 먹는 사육제다.

인간의 발달은 모든 생물을 포함한 자연의 모든 것에 재앙이 되고 있을 뿐만 아니라, 자연의 일부인 인간 자신에게도 무서운 위협이 되고 있다.

선과 악

우리는 선악에 대한 판단 주체로서의 능력을 점점 상실하고 있는 듯하다.

남한에 살고 있는 우리는 북한 주민들이 제정신으로 살아가는 게 아니라, 수령의 정신으로 살아간다고 말한다. 생각하고 결정하는 것은 오직 수령과 주위의 핵심 엘리트이고 주민 개개인은 거기에 따라 움직이는 수족일 따름이라는 것이다. 그러면 우리의 형편은 어떤가? 우리 역시 제정신이 아니라, 남의 정신으로 살아가는 건 아닐까? 왜 그렇지 않겠는가. 우리는 대기업의 욕구와 의도에 맞게 길들여지고 표준화된 소비자이므로, 대기업이 우리의 사고를 조작하고 표준화시킨다고 할 수 있을 것이다. 언론이 우리의 사고에 크게 관여하고 있지만, 대개는 대기업의 대변자에 불과하다. 이렇게 길들여지고 표준화된 우리의 사고 틀은 선악의 분별을 어렵게 만든다.

우리의 도덕적 불감증을 가중시키는 또 하나의 요인은 이 사회를 작동하는 무한경쟁, 승자독식의 방식이다. 승자독식의 사회에서는 강자만이 선이고 정의인 것으로 호도된다. 착한 강자는 없다. 강함과 선함은 양립할 수 없기 때문이다.

그리고 이 사회에서는 다양성의 이름 아래 엄청난 양의 의미들이 범람하고 있는데, 이 현상 또한 우리의 도덕적 판단을 무디게 한다. 의미의 포화 상태 속에서 모든 의미는 애매해져버린다. 선악의 구별이 애매해지고, 심지어 뒤바뀌기도 한다. 머릿속에 쥐가 날 지경으로 온갖 일들이, 온갖 의미들이, 온갖 정보들이 폭주하면서 우리의 분별력을 마모시키고 있는 것이다. 물론 민주사회에서 다원성과 다양성의 추구는 너무도 당연하다. 그러나 무제한적으로 추구하는 다양성 절대주의는 옳은 것이 아닐 것이다. 그것은 악도 존재 가치가 있는 것으로 만들어버리기 때문이다.

사람은 원래 자신이 원하는 것을 진실이라고 생각하려는 이기적 성향이 있다. 그렇다 하더라도, 요즈음 인터넷에 중구난방으로 난무하는 '나만의 진실'들은 너무도 황당하다. 근거 없는 뜬소문,

저질의 정보, 날조된 정보 따위나 실어 나르면서, '나는 옳다'고 기를 쓰고 있는 것이다.

진실에는 세 종류가 있다고 한다. 나의 진실, 너의 진실, 그리고 본연의 진실. 여기에서 '진실'을 '선'이나 '정의'로 대체해도 무방할 것이다. 우리는 지금 나도 아니고 너도 아닌 본연의 진실, 선, 정의를 추구하고 싶다. 선과 악, 진실과 허위가 잘 구별이 안 되는 이 아노미 현상을 타개하고 싶다. 선이 무엇이고 정의가 무엇인지 모르기 때문에 우리는 마이클 샌들 교수의 『정의란 무엇인가』를 읽기도 했다. 우리는 이제 단순한 소비자가 아니라 생각하는 시민이 되고 싶다. "나는 소비한다, 고로 존재한다"를 본래의 명제 그대로 "나는 생각한다, 고로 존재한다"로 돌려놓고 싶다.

시간의 강물을 거스르며

나의 고향 제주도의 자연 풍광은 아름답다. 과거의 나는 4·3의 수만 원혼의 존재를 증언하기 위하여 그 아름다운 자연 풍광마저 처참함을 강조하는 소도구로 이용해야 했다. 그러나 반세기가 지나 그 금기가 어느 정도 풀린 후에는 그 아름다운 자연을 본연의 모습 그대로 보면서, 그 자연 속에서 자연의 일부로 성장했던 나의 어린 시절을 그려보고 싶었다. 다시 말하면 4·3이라는 참사 속의 인간 군상과 그것의 음산한 배경으로서의 자연 풍광이 아닌, 제주 자연의 본래 모습과 그러한 아름다운 자연 속에서 잔뼈를 굵히면서 성장을 꾀했던 그 시절의 어린 나와 내 동무들을 그리고 싶었다. 그러한 간절한 소망이 장편소설『지상에 숟가락 하나』를 낳았다.

이 소설을 쓸 때 나는 그 시절을 다시 한 번 사는 것처럼 과거 회상에 깊이 몰두했다. 회상되고 탐구되어진 그 시절의 아이들은 자연 속에서 무구하게 그야말로 자연적으로 성장하고 있었다. 자연의 일부로서 존재하는 본연의 인간, 왜곡되지 않은 인간 본성이 바로 거기에 있었다. 이 소설에서 나는 천진하게 약동하는 유년의 아이들 모습을 통하여 왜곡되기 이전의 원초적 인간성을 드러내고자 했다. 요즘 아이들이 거의 전적으로 어머니에 의해 키워진다면, 지난 시절의 아이들은 농사일에 바쁜 어머니 대신에 형이나 누나가 키웠고, 동네 아이들이 키웠고, 자연이 키웠다. 그러니까 지금은 인간이 인간을 키우지만, 과거에는 인간이 자연과 더불어 인간을 키웠던 것이다. 이러한 관점에서 이 소설이 쓰여졌는데, 다른 아이들과 더불어 자연의 자식으로서 자연의 젖을 빨고 자라던 그 시절을 그린다는 것은 그리 용이한 일이 아니었다. 광막한 망각의 어둠에 덮여 있는 과거여서 기억을 떠올리기가 어려웠다.

나의 데뷔작 단편소설 「아버지」에 4·3사건으로 불타버린 고향 마을을 회상하는 다음과 같은 대목이 있다.

나는 열 살 때 고향을 등진 후 여태껏 찾아가본 일이 없다. 게다가 어지간히 방심한 상태가 아니면 고향 추억에 잠기는 일도

퍽 드문 편이다. 죽어 있는 마을, 소등해버린 자정 이후의 먹칠 같
은 어둠으로 지워진 마을…….

그것은 죽음이었다. 토벌대에 의한 초토화의 죽음이었고, 망각
의 죽음이었다. 그러므로 나의 작업은 그 죽어 있는 마을을 되살리
고 내 존재의 일부가 불타버린 듯한 기억상실을 극복하는 일이 되
어야 했다. 그렇게 해서 나는 누구이고 어디에서 왔는지를 해명하
고 싶었다. 그것은 다름 아닌 자연 속에서 자랐던 자연아로서의 정
체성, 그리고 4·3에서 살아남은 자로서의 정체성의 탐구였다. 4·3
은 나를 침울하고 비굴하면서도 고집불통의 존재로 만들어놓고 있
었던 것이다.

시간은 흐르는 강물과 같다, 라는 말은 매우 적절한 비유이다. 시
간의 강물은 흘러가면서 모든 것을 변화시킨다. 공동체를 관통해
흐르면서 역사를 바꾸고, 공동체를 구성하는 각 개인을 관통해 흐
르면서 그 개인을 변화시킨다. 시간은 나의 신체적 정신적 성장을
꾀해주었는가 하면, 그것의 쇠락을 재촉하기도 했다. 그리하여 이
두 줄기 시간의 흐름은 '나'라는 개인으로 하여금 두 가지 경험을
하도록 만들었다. 하나는 공동체적 경험(예컨대 4·3사건)이고, 다른
하나는 개인적 경험이다. 두 가지 경험이 씨줄과 날줄이 되어 나의

정체성을 형성해주었으니까 결국 나는 시간의 자식인 셈이다.

잊혀진 어린 시절을 재구성하기 위해 나는 글 쓰는 시간 못지않게 옛 동무들, 옛 장소들을 찾아다니고 회상하는 데도 시간을 많이 바쳤다. 이미 중년을 넘겨 주름진, 낯설어 보이는 얼굴들에서 유년의 앳된 모습을 찾아내고, 그 시절의 이야기를 나눌 때의 기쁨이라니! 흘러간 시간이 내 뇌세포에 남겨놓은 경험의 흔적(기억)은 그리 많지 않았다. 많은 것들이 막막한 망각의 어둠 속에 잠재의식으로 숨어 있었다. 그래서 나의 글쓰기는 폐광 속에서 어둠을 더듬으며 광맥을 캐는 일과 같았다. 소각된 뒤 재건 안 된 채 버려진 고향 마을, 지도 상에서도 내 기억에서도 지워져버린 그 마을과 4·3사건으로 피란 간 후 고3 때까지 살았던 성내의 생활을 작품 속에서 되살려야 했다. 그러기 위해 자주 고향에 내려갔는데, 유년의 기억은 아주 지워진 것이 아니라, 나의 무의식 속에 잠재되어 있었다. 무의식의 지층에 곡괭이질 하는 나의 작업은 말하자면 돌에 피를 넣어 살리는 고고학자의 그것과 같은 것이었다.

잃어버린 시간을 되찾는 과정은 마치 그 시절을 다시 한 번 사는 것 같은 행복감을, 아니 그보다 더 큰 기쁨을 나에게 주었다. 잃어버린 지 오래된 어떤 물건이 어느 날 우연히 눈에 띄었을 때의 기쁨 같은 것이다. 깜깜한 망각의 암흑 속에서 과거의 어떤 기억이

불현듯 떠올랐을 때, 그 회열이라니! 『지상의 숟가락 하나』를 독자가 재미있게 읽었다면, 그 책을 매개로 하여 자신의 잊혔던 기억을 떠올릴 수 있었기 때문이리라. 나는 망각의 영역에서 기억의 단편들을 캐내기 위해서 자주 고향에 내려가곤 했다. 거기서 옛 동무들을 만나 그 시절을 회상하고, 우리의 요람이었던 용연 용두암 근처의 갯가를 홀로 배회하며 몽상에 잠기고, 사람이 다니지 않아 풀숲 속으로 사라져버린 옛 오솔길의 흔적을 발견해서 쾌재를 부르기도 하고, 혼자 소주 두 병 까고 취한 채 파도치는 기슭에 널부러져서 두 개로 보이는 만월 달에게 말을 걸기도 했다.

그런데 그 기억들은 머릿속을 온통 뒤적거리며 찾을 때보다도, 오히려 아무 생각 없이 멍한 방심 상태에 있을 때, 혹은 과로로 피곤해 있을 때에 더 잘 떠오르곤 했다. 그리고 머리보다 감각기관이 더 많은 것을 기억하고 있었다. 여기에서 소설가 마르셀 프루스트와 관련해서 생각나는 것은 개인적 경험 중에서 '초시간'이라는 경험이다. 인간은 습관 즉 거듭된 반복을 통해 기억할 뿐만 아니라, 단 한 번 발생하고 더 이상 반복되지 않는, 비록 그것이 아주 사소한 사건들일지라도 기억한다는 것은 잘 알려진 사실이다. 무의식 속에 숨어 있는 것, 우연이 아니면 표면에 나타나지 않는 그런 기억이다. 어느 날 어느 순간, 불현듯, 예기치 않게, 난데없이, 느닷없이,

무심중에, 일회성으로 한 번 명멸하고 사라진 어떤 과거의 한 순간이 오랜 세월의 그 죽음 같은 암흑을 뚫고 문득 의식의 표면 위로 떠오를 때가 있다. 그때의 감동이란 겪어본 사람은 알 것이다.

어느 날 나는 존 스타인벡의 소설 『도주』를 읽고 있었다. 살해범인 주인공이 산으로 도망치는데, 바싹 추격해온 경찰이 계속 총격을 가한다. 바위 뒤에 숨은 주인공은 바로 눈앞에서 바위 모서리에 총알이 튕겨나가면서 돌가루가 뿌옇게 피어나는 걸 본다. 나는 돌가루가 뿌옇게 피어오르는 그 장면을 읽는 순간, 그 글에 나와 있지도 않은 매캐한 돌가루 냄새를 맡을 수 있었다. 그 순간 나는 어떤 기적이 곧 일어날 것만 같은 예감에 숨을 죽였다. 도대체 이 매캐한 냄새는 무슨 의미일까? 그래, 부싯돌! 어슴푸레한 방 안에서 부싯돌 치는 외조부님의 모습이 떠올랐다. 부쇠와 부돌이 부딪치면서 번쩍번쩍 푸른 불똥을 일으켰는데, 그때 매캐하게 맡아지던 돌가루 냄새가 바로 그것이었다. 마침내 담뱃대에 불이 붙고, 깊게 빨아들이는 담뱃불 빛을 받고 붉게 떠오르는 얼굴! 정겹던 그 옛날의 외조부님의 얼굴이 기적처럼 현실인 양 생생하게 나타났다. 저녁 어스름, 저녁 끼니로 콩죽을 먹고 난 시간…… 그 앞에 앉아 있는 조그만 나는 몇 살이었나? 성냥이 보급되기 전이니까 우리 식구가 성내로 피란 가서 외갓집에 얹혀 지낼 때였나보다. 한 번도 떠올려본 적이 없는 장면이었다.

아무튼 그 순간 나는 희열에 떨면서 읽던 존 스타인벡을 내던지고 그 장면 속으로 빠져 들어갔던 것인데, 일상에서 어쩌다 생각나도 빠르게 스쳐 지나가버리는 흐릿한 영상일 뿐이던 그분의 존재가 그처럼 뜻밖의 방식으로 생생하게 나타나기는 처음이었다. 그렇다. 그런 순간은 떠올리려고 애쓴다고 되는 것이 아니다. 그것은 멍한 방심 상태에서, 무심중에, 무의식적으로 떠오른다.

또 하나의 예는 뺨에 떨어진 선뜻한 물방울의 감촉이다. 한때 나는 거실에 잎이 무성한 고무나무를 키운 적이 있었는데, 그 잎에서 굴러내린 물방울 하나가 바닥에 누워 낮잠 자는 내 뺨에 떨어진 적이 있었다. 그 선뜻한 감촉에 잠이 깬 나는 그 즉시 다른 장면으로 순간 이동하는 경험을 했다. 어린 내가 뭔가 선뜻한 감촉에 흠칫 놀라 잠에서 깼는데, 증조부님은 다섯 살짜리 나를 안은 채 자울자울 졸고 계시고, 그 입에서 흘러내린 끈끈한 침 줄기가 턱수염을 타고 내려 내 뺨에 떨어지고 있는 장면이었다. 그것 역시 그때 이후 한 번도 떠올려본 적이 없는 장면이었다. 현실인 듯 생생하게 느껴지는 장면! 폐광 속에서 광맥을 발견한 기쁨이었다. 잊혔던 자아의 한 부분을 되찾는 순간이었다. 증조부님의 품에 안겨 있는 다섯 살짜리 어린 나! 지금 여기에 있으면서 동시에 그때 그 순간으로 돌아가 있기도 한 '나'를 마르셀 프루스트는 '초시간적 자아'라고 했다. 그는 자기 작품 속에서 이렇게 말한다.

지력의 온갖 노력도 소용없다. 과거는 지력의 영역 바깥, 그 힘이 미치지 못하는 곳에, 꿈에도 생각하지 못한 어떤 사물 속에(그 사물이 주는 감각 안에) 숨어 있다. 이러한 사물을 우리가 죽기 전에 만나느냐 못 만나느냐는 전혀 우연에 달려 있다.

— 마르셀 프루스트, 『잃어버린 시간을 찾아서』, 김창석 옮김

프루스트는 이 극적인 우연을 마들렌 과자의 맛을 통하여 경험한다. 어느 겨울날 주인공이 추위에 떨며 집에 돌아왔을 때, 어머니가 주는 홍차에 마들렌을 띄워 한 모금 마시는 순간 그는 야릇한 예감에 휩싸인다.

뭐라고 형용할 수 없는 굉장한 쾌감이, 고립된 원인 불명의 쾌감이, 내 안으로 들어왔던 것이다. 그 덕분에 나는 곧 인생의 덧없음 같은 것은 아랑곳없이, 인생의 재난은 무해한 것이며, 인생이 짧다고 함은 착각이라고 여겨지게 되었다. 그 쾌락이 마치 사랑의 작용과 마찬가지로 무엇인가 귀중한 본질로 나를 가득 채웠기

때문이었다. (……) 도대체 이 벅찬 기쁨은 어디서 나온 것일까? 나는 그것이 홍차와 과자의 맛과 관련이 있다고는 느꼈지만, 그래도 이 기쁨은 그것을 훨씬 초월한 것으로서, 똑같은 성격의 것일 리는 없었다. 그것은 어디에서 왔는가? 무슨 뜻인가? 나는 두 모금째 마신다.

— 마르셀 프루스트, 『잃어버린 시간을 찾아서』, 김창석 옮김

위의 것은 세 쪽에 걸쳐 숨 가쁘게 전개된 장문의 글 가운데 일부인데, 심리의 메커니즘의 추이를 치밀하게 좇아가 마침내 미지의 세계를 해명해놓고 있는 이 글은 그가 얼마나 뛰어난 예술가인가를 유감없이 보여준다. 마들렌의 맛은 까맣게 잊고 있던 과거, 즉 어린 시절 여름방학을 보냈던 꽁브레의 숙모네 집을 떠올리게 했는데, 이와 같이 머리가 아니라 감각기관에 의해 우연히 일깨워진 과거의 장면들이 이 작품의 여러 곳에 나타난다. 이에 대해서 프루스트는 다시 다음과 같이 말하고 있다.

사람들이 죽고, 사물이 파괴되고, 옛것은 아무것도 남아 있지 않을 때에, 연약하기는 하지만 강인하고, 무형이지만 더욱 집요하고 충일한 것, 즉 냄새와 맛만이 오랫동안 영혼처럼 남아 있어

서, 다른 모든 것이 폐허가 된 그 위에서, 회상하고, 기다리며, 기대하고 있는 것이다.

— 마르셀 프루스트, 『잃어버린 시간을 찾아서』, 김창석 옮김

프루스트처럼 나 역시 과거를 향한 몽상 속에서 문득 문득 떠오르는 '초시간'을 경험하곤 했다.

아, 보인다! 원색의 그 푸른 공간, 그 밑바닥에 꼬물꼬물 움직이는 그 아이가! 그 아이가 있는 물가에서 시작해서 드넓게 퍼져나간 바다, 바다와 하늘이 서로 푸른빛을 다투며 멀리 수평선까지 퍼져나가 만나고 있는 그 광활한 공간, 그리고 작열하는 태양, 거기에 어린 내가 한 점 살아 있는 미물로서 물가를 뿔뿔 기어다니고 있다. 뿔뿔 기어다니는 한 마리 게나 다름없는 야생의 작은 생명, 눈의 흰자위만 하얗고 고름 짜낸 종기 그루터기만 분홍빛이던 그 깜둥이 아이……

— 『지상에 숟가락 하나』에서

고향의 바닷가에서 몽상에 잠기고 있으면, 전혀 예기치 않게, 알 수 없이 터져 나오는 오열처럼, 그러한 장면들이 솟구쳐오르곤 했

다. 그것은 마치 수십 년 가뭄의 메마른 불모의 땅에 우연히 비가 내려 땅속의 씨앗들이 일제히 싹 틔우는 순간과 비슷하다. 아니, 함안의 연꽃은 더 극적이다. 지층 4~5미터의 암흑 속에 파묻혀 있던 고려시대의 연꽃 씨앗들이 칠백 년 만에 발굴되어 실험실에서 싹을 틔우고 꽃을 피웠다고 하지 않은가! 그 생명의 씨앗들은 죽은 게 아니었다. 재생을 꿈꾸면서 그 오랜 세월을 암흑 속에서 견뎌온 것이었다. 마찬가지로 우리의 과거 시간은 대부분 깜깜한 암흑 속에 잠겨 있지만, 죽은 것은 아니다. 그것은 우리의 무의식 속에서 여전히 살아 있다. 그래서, 우연히 회상되어진 과거의 한 순간이 우리를 그토록 희열에 휩싸이게 하는 이유는 아마도 그 순간이 세월이 흘러도 소멸되지 않는 영원한 현재성, 즉 생명을 지녔기 때문일 것이다. 프루스트는 그 순간에, 인생이 짧고 덧없다는 생각이 착각이라는 믿음이 생겼노라고 말했다. 그렇다. 우리의 과거는 대부분이 회상이 거의 불가능한 광막한 망각의 어둠, 죽음의 영역으로 되어 있다. 시간은 부단히 흘러가면서 잔인한 파괴력으로 모든 것을 허물고 마모해서 무화시킨다. 인간 역시 시간 앞에 굴절되고 변화하면서 노화의 과정을 거쳐 결국 인생을 마감한다. 시간의 흐름은 죽음의 행진이라고 말할 수 있다. 시간이란 거대한 지우개는 우리 뒤를 따라오면서 우리가 지나온 과거를 빈틈없이 지우고 있고 종

소설가는 늙지 않는다

국에는 우리의 존재 자체를 지상에서 지워버린다. 그러므로 우연한 계기로, 우리의 감각기관을 통해, 잊혔던 어떤 장면이 그 어둠을 뚫고 떠오른다는 것은 죽음에 맞서는 것이다. 아니, 죽은 것의 부활이라고 할 수 있다. 그렇지 않고서야 회상되어진 그 장면들이 어째서 지금 당장의 현실인 듯이 그토록 생생하며, 왜 그토록 기쁠 수가 있겠는가! 생명의 영원성을 증거하는 것이 아닐까! 그러한 장면들은 나의 후생 혹은 전생의 장면들처럼 느껴지기도 한다.

죽은 자는 힘이 세다

물론 망각이 상처 치유의 방법이 될 수 있다. 세월이 약인지라, 마음의 고통은 세월이 흐르다보면 어느 정도 완화되기 마련이다. 긍정적인 일들은 잘 잊히지 않지만, 부정적이거나 불행했던 일들은 세월이 지나면 상당 부분 저절로 기억에서 지워진다. 그러나 저절로 잊히는 것과 잊도록 강제당하는 것은 다르다. 4·3사건의 상처는 잊으려고 해도 잊히지 않는 폐부의 깊은 상처이기 때문에 국가가 잊으라고 강요해왔다. 4·3사건의 기억이 언젠가 복권할까 두려운 국가의 이러한 강제 행위를 망각의 정치라고 한다. 그들은 우리에게 잊으라고 명령했다. 잊어서는 안 될, 잊을 수 없는 그 만행을 잊으라고 강요했다.

그러나 살아남은 자인 우리는 그 참사를 잊을 수 없었다. 그때 죽은 자들은 살아남은 우리를 대신해서 죽었기 때문이다. 도민의 십분의 일쯤 죽이자는 사전 계획이 있었음이 틀림없으므로, 그들이 죽지 않았다면 대신 아마 우리가 죽어야 했을 것이다. 그래서 죽은 자들은 살아 있는 우리에게 자신들을 기억하라고 요구할 권리가 있고, 살아 있는 우리는 그 주검들을 기억할 의무가 있다. 겨울철, 동백꽃들이 아름다운 고장, 백설 위에 통꽃으로 뚝뚝 떨어져 뒹구는 붉은 동백꽃들, 그해 겨울 백설 위에 붉은 피범벅으로 뒹굴던 목 잘린 머리통들, 그래서 백설 위에 떨어져 뒹구는 동백꽃들은 죽은 자의 눈빛으로 우리를 노려본다. 그래서 우리는 그들을 잊을 수 없다. 그들은 우리의 마음속에 살아 있는 것이다.

　그런데 죽은 자들은 살아남은 자들의 마음속에만 있는 게 아니라 가해자의 마음속에도 살아 있다.

　대학살의 그 가해자들은 훗날 어떻게 되었나. 가해자란 누구인가? 4·3의 죽은 자들은 상명하복의 말단인 병졸들까지를 가해자라고 말하고 싶지는 않을 것이다. 죽은 자들이 주목하는 가해자란 가해 집단의 상층부를 말함일 것이다. 수많은 젊은이들의 목숨을 말살함으로써, 창창한 앞날의 그 모든 가능성을 빼앗음으로써, 그 대가로 자신들을 위해 모든 가능성을 획득했던 그들이다. 그들은 피해자들의 죽음을 통해서 승진하고 권력을 얻었다. 탄탄대로의 출세 가도가 펼쳐져, 장군도 되고 총리도 되고 사장도 되었다.

그런데 문제는 그들이 죽인 희생자들이 완전히 말살되지 않았다는 것이다. '죽은 자는 더할 나위 없이 무력하지만, 역설적이게도 강한 힘을 가지고 있다. 변하지 않는다는 것이 그의 힘이다'라고 키에르케고르가 말했다. 그리고 억울한 죽음일수록 그 힘은 센데, 4·3사건의 원혼들이 그렇다. 4·3사건의 죽은 자들은 오히려 죽지 않고 죽인 자들의 마음속에 옮아가 살아왔다. 최후 순간의 그 얼굴 표정, 몸짓과 비명이 가해자의 뇌리에, 양심에 새겨진 것이다. 가해자가 마음속의 죽은 자들의 존재를 절실히 느끼게 된 것은 노경에 접어들어 심신이 쇠약해진 때였을 것이다. 늙은 그들은 죽은 자들이 출몰하는 악몽에 종종 시달렸다. 1987년 6월항쟁 이후, 4·3사건 진상규명 운동이 활발하게 벌어지고 있을 때는 더욱 그랬을 것이다. 죽은 자들에 의해 보복당할까, 두려웠을 것이다.

그런데 이미 노환으로 죽거나, 노경에 처한 그들을 대신해서, 이제 그 상속자들이 다시 싸움을 벌이기 시작했다. 죽은 자들과의 싸움이다. 그들은 화해와 상생을 거부한다. 화해하기 위해서는 당연히 사죄가 필요하다. 그래서 죽은 자들은 "용서해줄 테니, 제발 용서할 수 있는 권리를 달라"고 호소한다. 그러나 가해자들과 그 상속자들은 사죄하기는커녕, 죽은 자들을 다시 한 번 죽이려고 싸움을 벌이고 있다. 그들은 이 죽은 자들을 결코 이길 수 없다는 걸 모르고 있다. 죽은 자는 힘이 세고, 억울한 죽음일수록 힘이 세고, 죽은 자의 시간은 영원하다는 걸 그들은 모르고 있다.

강의 자유

언젠가 비행기를 타고 고향에 가던 나는 상공에서 지상의 강들을 내려다보다가 눈이 휘둥그레진 적이 있었다. 강의 본류가 수많은 지류를 합수하여 점점 유역을 넓히면서 바다에 이르는 모습이 한눈에 들어왔는데, 그것은 수많은 가지를 거느린 거대한 나무의 형상을 하고 있었다. 신이 대지 위에 아로새겨놓은 듯이 참으로 거대하고 장엄한 아름다움이었다. 그 형상에서 신의 손길이 느껴졌다. 아니, 신 자신이 강의 모습으로 거기에 누워 있는 것 같았다. 왜 그렇지 않겠는가. 지상의 뭇 생명들에게 아낌없이 자비를 베푸는 강의 모습에서 신을 연상하는 것은 너무도 자연스러운 일이다. 그런데 그 강들에 지금 무슨 일이 일어나고 있다!

지상의 뭇 생명들과 마찬가지로 인간 역시 강의 자식이고, 대자연의 일부다. 인간은 인간으로부터 왔지만, 자연으로부터 왔다고도 말할 수 있다. 현대사회에선 오로지 인간이 인간을 낳고 기르지만, 전 시대에는 인간과 자연이 함께 인간을 낳고 길렀다. 그런데 지금 이곳은 극단적 실용주의자들의 독천장이 되어버렸다. 그들은 실용의 이름으로 자신의 모태인 자연을 약탈한다. 자연을 사막화하면서, 함께 자신의 내면도 사막으로 만드는 것인데, 자연의 상실이란 곧 인간성의 상실을 의미하지 않는가.

지나친 실용주의는 우리의 영혼을 피폐시킨다. 도시에 살더라도 자신의 내면에 축소된 자연을 늘 간직하고 있는 자는 그 영혼이 편안하다. 인간은 누구나 자연이 낳은 자연의 일부이기 때문에 몸과 마음속에 축소된 자연이 들어 있게 마련이다. 그런데 도시인에겐 그것이 드러나지 않은 채 잠재되어 있다. 그것이 바로 불안의 원인이다. 우리가 자연 속에 있으면 아늑한 행복감이 느껴지는데, 그것은 자연 속에 있어야 인간이 완전해진다는 뜻일 것이다. 그러므로 우리 안의 잠재된 자연을 일깨우기 위해 자주 바깥 자연을 만날 필요가 있다. 예컨대 강둑에 홀로 서서 서편 하늘과 강물 위에 붉게 번진 장엄한 낙조를 볼 때, 느닷없이 까닭 없이 눈물이 솟구치는 수가 있다. 아니, 그것은 까닭 없는 눈물이 아니다. 우리의 내면에 남아 있던 자연의 조그만 흔적이 몸 밖의 대자연과 제대로 만나는 순간의 감동 때문이다. 뭔가 영혼의 한복판이 꿰뚫리는 듯한 통증과 함께, 내가 저 강물, 저 대자연의 어쩔 수 없는 일부로구나, 하는 자각이 눈물을 솟구치게 한 것이다.

그런데 지금 그 강들에 무슨 일이 일어나고 있다! 수백만 년 흘러온 저 강들에 이제까지 한 번도 없었던 기상천외의 일이 벌어지고 있다. 실용의 이름으로 4대강이 참혹하게 능욕당하고 있는 것이다. 그 오랜 세월을 유장하게, 자유롭게 흘러온 강들이 무도한 폭력에 의해 무섭게 파이고 비틀리고 토막나고, 가차 없이 시멘트로 파묻히고 있다. 강들은 흐름의 자유를 잃고 더 이상 강이 아닌 다른 무엇으로, 콘크리트 수로 같은 것으로 변하고 있다. '앞 강물, 뒷 강물' 하고 노래했던 소월의 음률도 더 이상 없고, '정의가 강물처럼 흐르고'라는 비유도 더 이상 소용없게 될 판이다. 수백만 년의 유구한 시간이 만들어놓은 대자연의 질서를 찰라에 불과한 한 정권이 깨뜨리고 있다. '창조의 질서를 거스르는 행위'라고 질타한 종교인들의 말씀이 가슴을 친다. 신의 창조 질서, 자연의 섭리를 거역하고 있다.

강물 속과 강변의 생태계가 무너지고 있다. 인간과 마찬가지로, 인간과 평등하게, 자연의 작은 일부로 존재하여야 할 수많은 생물

소설가는 늙지 않는다

들의 세계가 무너지고 있다. 자연을 허물어 세운 인간의 도시보다 더 잘 꾸며지고 더 아름답고 더 자유롭고 더 평화로운 공화국이 무너지고 있다. 이제 낙동강 오리들은 알 낳을 장소를 잃고 물에다 알을 낳을 것이고, 그러면 우리 인간도 영락없는 '낙동강 오리알' 신세가 되고 말 것이다. 이 폭거는 어떤 식으로든 반드시 보복을 당할 것이다. 실용이 결국 사람을 잡고 말 것이다. 무도한 삽질을 이제 그만두라. 강물의 자연스러운 흐름을 더 이상 가로막지 말라. 강은 피폐한 도시인이 지향해야 할 정신적 지표로서 순수하게 존재해야 한다. 강이 가르치는 그 정교함과 아름다움, 자유와 평화를 본받기 위해서 그 자연스러운 흐름은 손상되어서는 안 된다. 4대강의 자유를 위해서, 우리의 자유를 위해서.

* 「강의 자유」, 2010년 발표

3부

당신, 왜 그 따위 소설을 쓰는 거요

선흘리의 불칸낭

　오래전, 노거수(老巨樹)라는 단어를 처음 만났을 때의 기쁨을 나는 아직도 기억하고 있다. 아름드리 해묵은 나무를 그렇게 한 단어로 축약하여 부를 수 있는 게 너무나 좋았다. 잘 어울리는 이름이었는데, 그 때문에 나무의 지위가 한층 더 격상된 느낌이었다. 당시에 고교 교사 노릇을 하고 있던 나는 그때부터 아이들 앞에서 "우리도 노거수처럼 인생의 끝까지 성장을 멈추지 않는 기똥찬 삶을 살아보자" 하고 허세 떨기를 좋아했다. 아마도 150년 이상의 연륜을 가진 나무라야 노거수라고 칭할 수 있을 것이다.

　수많은 연륜이 형성해놓은 노거수의 웅장하고 아름다운 자태는 덧없는 인간에겐 놀라운 기적이고 스펙터클이다. 아름답고, 정교하고 아주 복잡한 구조를 가졌다. 초라한 구조를 가진 인간에 비해 이 나무들은 얼마나 완벽한가. 인간을 훨씬 초과하고 초월하여 하늘에 가 닿았다. 거대하고도 위대하다. 성스럽고 거룩한 모습이다. 나무가 두 팔 벌리고 허공에 넓게 펼쳐 든 정교한 초록의 구조를 보라. 늙을수록 쇠약해지고 추해지는 것이 인생인데, 놀랍게도 나무는 늙을수록 장대해지고 아름다워지는 것이다. 애초 씨앗 속에 내장된 위대한 기획이 오랜 세월의 성장과 변화를 통해 그와 같은 위대한 결말을 낳았다. 웅장하면서 순수하고, 진실된 아름다움이다. 그 순수, 그 진실이 인간을 꾸짖는다. 그 아름다움은 인간의 언어로는 온전히 표현할 수 없으니, 나무가 시 그 자체이기 때문이다. 몸에 파란만장한 서사시가 아로새겨져 있다. 끝없이 반복된 승리와 패배, 안식과 역경으로서의 한 생애. 가물, 폭풍, 혹한, 그 혹독한 시련이 나무를 그토록 아름답게 만들어놓았을 것이다. 노거수!

화산섬 제주에는 그곳의 거친 풍토를 닮은, 기이한 형상의 노거수들이 곳곳에 보인다. 대개가 팽나무들이다. 대체로 이 나무들은 바람 센 해변 가까이에 있는 것일수록, 하늘 높은 줄은 모르고 땅 넓은 줄만 아는지, 위로 높이 자라는 대신에 옆으로 널찍하게 퍼지는 경향이 있다. 바로 그것이 육지에서는 볼 수 없는 특이한 아름다움이다. 그렇게 그늘 드리운 평수가 넓기 때문에 여름철 마을 정자 나무로서 사랑을 받기도 하고, 그보다 더 해묵어 생긴 모양이 영물 스러운 것들은 신목으로서 신앙의 대상이 되기도 한다. 나무 밑동 은 얼룩덜룩 돌이끼 붙은 커다란 바윗덩이같이 생겼고, 그 아래 지 표를 뚫고 들어간 곁뿌리들은 자이언트문어 발처럼 대지를 우악스 레 움켜쥐고 있는데, 굵은 자갈 같은 옹이들이 툭툭 불거진 몸통은 앙바틈하게 낮은 키이고, 그 위로 몇 갈래의 아름드리 큰 가지들이 몸을 꼬고 비틀면서 뻗어 나간다.

그 고장 특유의 이러한 나무 형상은 그 나무가 뿌리내리고 있는 땅속의 지형을 반영한다. 땅속은 한 자만 들어가도 암석에 부딪칠 만큼 토양이 척박하다. 그래서 뿌리는 암석 투성이 땅속에서 무수 히 다치면서, 꼬이고, 비틀린 몸으로 물줄기를 찾아 사방으로 뻗어 나가는데, 바로 그 역경과 시련이 나무 형상에 그대로 반영되는 것 이다.

노거수의 형상에 영향을 끼치는 또 하나의 요인은 겨울 하늬바 람(북풍)이다. 그 고장에는 겨울에 거세고 맵찬 하늬바람이 자주 부는데, 특히 해변 쪽 바람받이에 선 나무들이 크게 들볶인다. 그 차가운 강풍은 나무의 북쪽 가지들을 마구 두들기고 무질러서 마 모된 상태로 만들어버리기 때문에 가지들은 바람의 방향을 따라

남쪽으로 치우치고, 나무의 상층부는 웃자라지 못한 채 전지가위로 깎인 듯 민틋하다. 그래서 전체적으로 나무는 거꾸로 세워놓은 버선처럼 기이한 형상을 하게 된다.

　그 고장의 중산간 마을인 선흘리에 가면 '불칸낭'이란 이름의 노거수가 있다. 상록수인 후박나무다. 이백 년쯤 묵은 이 나무 역시 잎이 무성한 나뭇가지들이 한쪽으로 치우쳐 있어, 거꾸로 세워놓은 버선 형상이다. 그런데 그것은 하늬 북풍이 두들겨서 그렇게 된 게 아니다. 나무의 한쪽이 밑동까지 허옇게 뼈를 드러낸 채 완전히 불모 상태다. 나무 전체의 절반이 고사목이 되어 있다. 겨울 북풍에 의한 것이 아니라, 불에 탄 것이다.

　'불칸낭'은 '불탄 나무'의 제주 말이다. 육십팔 년 전 군토벌대의 방화불에 온 마을이 불탈 때, 삼백여 채의 집이 소진되고 양민 157명이 무단히 학살당할 때, 마을 한가운데 서 있던 이 나무도 함께 불에 탔다. 몇 달 뒤 살육의 피바람이 자지러들자, 간신히 살아남은 자들이 폐허에 돌아와 재건을 꾀할 때, 불타 죽은 줄만 알았던 그 늙은 후박나무도 검게 그을린 몸에서 새잎을 조금씩 피우기 시작하더라고 했다.

　그 나무에는 아직도 검은 상흔들이 생생하게 남아 있다. 두 아름

굵기의 나무 밑동에 불이 타들어간 큰 구멍이 있는데, 그 속에 드러난 붉은 속살의 일부가 검게 타 숯이 되어 있고, 불에 타 동강난 아름드리 큰 가지 끝부분도 검게 타 있다. 나무 몸통의 절반을 차지한 허연 통뼈는 육탈되고 바싹 말라 수많은 작은 홈들이 깊게 파였는데, 그 홈에도 검은 그을음이 눌어붙어 있다.

그 상흔들은 자연스럽게, 나무가 화염에 휩싸여 탁탁탁, 생살 타는 소리와 함께 하늘 높이 고통의 절규로 타오르던 모습을 상상하게 한다. 나무가 그렇듯이, 인간도 역시 산천의 풍토를 좇아 태어나고 성장한다. 산천의 거친 풍토를 닮아 성정이 투박하고 강인했던 선흘리 마을 사람들, 불의를 도무지 싫어했던 그들이었다. 그런데 그들이 초토화 불길과 함께 스러지고 말았다. 인간은 물론 짐승도 죽고 나무도 죽었다. 마을당의 수백 년 묵은 신목 두 그루도 타 죽었는데, 오직 그 후박나무만 살아남았다. 그 나무만이 살아남아 그때 그 참사를 몸으로 증언하고 있다. 그땐 천지가 온통 불이었지. 땅도 벌겅, 하늘도 벌겅, 바다도 벌겅했지. 똑똑한 아이들은 그때 다 죽었단다.

이제, 그때 그 떼주검을 상상하면서, 나무의 형상을 다시 한 번 바라보자. 거꾸로 세운 버선이 아니라, 허리를 굽혀 절하는 모습이다. 후박나무가 허리를 깊이 굽혀 죽은 자들에게 애도를 표하고 있다. 슬픈 애도자의 모습이다. 우리가 노거수들을 찬양하여 헌사하는 장엄, 웅장, 영광, 승리 같은 말은 이 나무에게는 어울리지 않는다. 선흘리 노거수는 슬픈 증언자요, 애도자이기 때문이다.

소설가는 늙지 않는다

메멘토 모리

오뉴월 장마에 물외 크듯이, 오로지 쑥쑥 자라는 일에만 열중하던 어린이가 열 살이 지나면 자신의 몸속에 숨어 있는 죽음을 의식하게 된다. 죽음은 최종적이고 전혀 회피할 수 없다는 사실을 본능적으로 느꼈을 때 어린 가슴을 예리하게 파고드는 그 최초의 통증을 우리는 누구나 기억하고 있을 것이다. 그때 시작된 통증은 이후 전 생애를 통해서 방심 상태를 틈타 문득문득 출몰하여 우리를 아찔하게 만들고는 한다. 눈코 뜰 새 없는 무한 경쟁의 생활 속에서 느닷없이 닥치는 그 통증이라니! 그런데 다행히 그 먹구름은 그리 오래 지속되지 않고, 느닷없이 일어나 우리를 덮쳤다가는 이내 가뭇없이 사라지고 만다. 건강한 삶 속에서도 전후 문맥 없이 느닷없이 나타나는 이 통증은 무엇을 뜻하는 것일까? 아마도 인간은 유한한 존재라는 것, 죽음을 잊지 말라는 뜻일 게다. 즐거운 축제 뒤의 허망 허탈감 속에 죽음의 기미가 있고, 최고의 쾌락인 성교, 그것의 끝에도 무섭게 엄습하는 죽음의 감각이 있다. 라틴어 경구인 메멘토 모리(memento mori)가 바로 그런 뜻이다. 행복을 누리는 몸속에 죽음이 깃들어 있는 필멸(必滅)의 존재이므로 지나친 탐욕을 경계하자는 것이다. 불가(佛家)에서도 "인생은 한 조각구름이 일어나는 것과 같고, 죽음이란 구름이 스러지는 것이라 할 수 있다"라고 말한다.

삶과 죽음은 일란성쌍둥이, 삶의 시작은 곧 죽음의 시작이기 때문에 산다는 것은 죽어간다는 것을 뜻한다. 능금 속의 벌레처럼 몸이 만들어질 때 몸속에 죽음도 만들어지는 것이다. 그래서 우리의 일생은 죽음이 기생한 숙주로서의 일생이다. 그래서 우리의 선인들은 죽음을 자연스럽게 받아들였다. 현명하게도 죽음을 잘 길들일 줄 알았던 그들에게 죽음은 인생의 완성으로서의 죽음이었다.

그런데 오늘을 사는 우리의 생사관은 어떤가? 인생에서 오직 삶만 생각하고, 즐거움만 생각하고, 죽음을 부정하고 미워하고 있지는 않는지? 미국식 낙관주의가 몸에 밴 우리는 우리 몸속에서 자라고 있는 죽음을 두려워하고 혐오한다. 탄생과 더불어 우리 몸속

에 깃들기 시작한 죽음은 생물체처럼 마침내 우리의 삶을 집어삼
킬 때까지 성장을 멈추지 않는다. 몸속의 암이 생물체이듯이 몸속
의 죽음 또한 점점 커가는 생물체처럼 느껴진다. 그 죽음의 몸집이
점점 커짐에 따라 그에 대한 공포도 점점 더 커지게 마련이다. 그래
서 나이를 많이 먹을수록 점점 더 죽음이 두려워지는 것이다. 다른
일들은 자주 겪으면 익숙해지는데, 죽음은 그와 정반대다. 죽음은
그것에 대해서 생각하면 할수록 더 새롭고, 더 두렵고, 더 빨리 다
가오는 것 같다. 그것은 전혀 길들여지지 않는, 언제나 생생한 새로
운 공포인 것이다. 어떻게 죽음을 감히 마주 바라볼 수가 있겠는가.
태양을 눈뜨고 바라본 자가 실명하여 생의 모든 빛을 잃듯이, 죽음
을 너무 자주 대면한 자는 바닥 모를 허무에 떨어져 생의 의미를
깡그리 잃어버릴 것이다.

그래서 우리는 자기 몸속 죽음의 존재를 애써 외면하려고 한다.
어둠(죽음)을 내쫓기 위해서 우리는 도시에 밤새 불을 환하게 밝혀
놓는다. 이 시대의 신앙인 무한 성장의 이데올로기는 계속 사는 것,
즉 장수를 보장해줄 것 같은 환상을 갖게 한다. 사람들은 몸속 죽음
의 성장에 맞서기 위해서 테크놀로지의 성장에 기대를 건다. 테크
놀로지의 성장은 인공 심장과 장기이식 등 놀라운 의료 기술들을
가능하게 해준다. 테크놀로지가 죽음에 맞서 생명을 창조해내고

있다고 믿게 만드는 것이다.

물론 의료 기술의 발달과 부쩍 높아진 건강에 대한 관심 덕분에 평균수명이 다소 연장된 것은 사실이다. 그러나 그 수명 연장은 항암 치료를 받으면서 겨우겨우 목숨을 부지하는 고통의 몇 개월에 불과한 경우가 허다하다. 일몰의 시간에 비행기를 타본 사람은 알 것이다. 비행기가 상공에 높이 떠오르자 지평선 아래로 가라앉았던 해가 다시 올라와 지평선에 걸려 있는 걸 본 적이 있을 텐데, 테크놀로지에 의한 수명 연장이란 바로 그런 정도 잠깐 동안의 연장일 뿐이다. 지는 해를 막을 도리는 없다.

그럼에도 병원들은 모든 질병을 예방할 수 있고 치료할 수 있을 것처럼 허장성세를 떤다. 죽음은 다만 우리가 부주의한 탓이고 병원을 자주 찾지 않은 탓이라고, 그렇게 믿도록 우리를 무섭게 다그친다. 죽음이 임박한 불치병 환자일지라도 일단 병원의 손아귀에 잡히면, 생존을 강요당하여 죽고 싶어도 죽지 못한다. 단 1개월간 고통 속의 목숨 연장도 그들에게는 대단한 의료적 성공이요 실적이기 때문이다. 그것은 목숨의 연장이 아니라 고통의 연장이다.

이 시대에 병원은 교회와 함께 막강한 카리스마의 소유자가 되었다. 죽음의 공포를 매개로 하여 교회는 우리의 정신을 지배하려고 하고, 병원은 우리의 몸을 지배하려고 한다. 목사는 우리 모두를 죄인으로 보고 교회에 가지 않는 사람에게 "당신은 죽음 앞에 얼마나 자신 있으면 교회에 나오지도 않는 거요? 당신은 용감한 게 아니라 무식한 거요"라고 말하고, 의사는 우리 모두를 환자로 간주하고, 병원을 자주 찾지 않는 사람에게 "당신은 죽음 앞에 얼마나 자신 있으면 병원에 오지도 않는 거요? 당신은 용감한 게 아니라 무식한 거요"라고 말한다. "사람들은 자신이 환자, 혹은 예비 환자인 걸 몰라요. 완전한 건강이란 있을 수 없어요. 모두가 반건강상태란 걸 알아야 해요. 예컨대 우리가 먹는 음식물만 해도 그래요. 음식물 대부분이 발암물질을 내포하고 있다는 건 잘 알려진 사실 아니요? 그런데 어쩌면 그리 태평이슈? 그 발암물질이 언제 암을 일으킬지 모르잖소? 사람은 누구나 환자란 말이요."

병원은 우리의 몸을 탄생에서 죽음에 이르기까지 일생을 통하여 관장하고 싶어 하고, 그들의 착한 신도들인 우리는 그대로 고분고분 따라간다. 사실 도시인들 대부분은 병원에서 태어나고 임종도 장례도 병원에서 맞고 있는 형편이다.

죽음이 혐오의 대상이다보니, 죽어가는 자도 주위로부터 소외되기 쉽다. 무한경쟁의 사회이기 때문에, 죽어가는 자는 경쟁자들에 의해 탈락자, 실패자로 치부된다. 일테면, 라이벌이었던 동료 교수가 암으로 죽자 마치 자신이 경쟁에서 이긴 듯한 착각에 빠지기도 하는 것이다. 그래서 한창나이에 갑자기 죽음과 마주한 자는 더 더욱 견디기 힘들다. 죽음은 무자비하고 난폭하고 단도직입적이고 가차 없다. 왜 내가 죽어야 하나! 하필이면 왜 나인가! 분노에 차서 거부의 몸짓으로 버둥거려보지만 소용이 없다. 보지 않으려고 애써 외면해왔던 죽음이 무서운 얼굴로 바로 눈앞에 나타난 것이다. 너무도 낯선 얼굴이다. 무서운 공포가 정신과 혼을 완전히 마비시켜버린다. 영혼이 망가진 채 죽어가는 것이다. 평소에 죽음과 사귀어 길들이지 않은 탓이다. 사귀기는커녕 혐오하고 박대하지 않았던가. 경쟁과 탐욕만 염두에 두고 메멘토 모리를 생각해본 적이 없는 삶이었다. 그래서 느닷없이 나타난 죽음 앞에서 그는 모진 절망감으로 처참하게 찌그러져버리고 마는 것이다.

세태가 이렇다보니, 본의 아니게 우리는 친부모의 죽음까지도 소홀하게 되었다. 이전 사람들은 객지에서 죽은 객사죽음일지라도 집으로 들여와 장례를 치렀는데, 우리의 처신은 어쩌다 그와 정반대가 되어버렸다. 임종에 가까운 부모를 병원에 모시는 것이 관행이 되다시피 하고 있는데, 자칫 잘못하면 모시는 게 아니라 격리시키는 꼴이 되고 만다. 중환자실의 우울한 살풍경이 그렇게 만든다. 가족 중 비교적 덜 바쁜, 오직 한 사람만이 병상을 지키고, 환자 주위는 온통 낯선 사람들뿐이다. 낯선 사람들 속에서 그들의 괴로운 신음 소리를 들어야 하고 때로는 죽어 나가는 사람까지 보아야 한다. 임종이 다가오는 시간, 죽음의 공포가 무섭게 덮쳐오는 그 절체절명의 시간에 그는 그렇게 외롭고 괴롭게 죽음을 맞이하는 것이다.

집안 노인이 가족들에게 둘러싸인 채 달콤한 잠에 빠지듯이 평온하게 임종을 맞았던 지난 시절을 떠올려본다. 과거에는 죽음이 생활의 자연스런 일부였다. 망자를 위한 신실한 애도 형식이 곧 종교가 되고 축제가 되지 않았던가. 주위에 모인 가족들 한 사람 한 사람 눈여겨보면서 나직한 목소리로 마지막 작별을 고하던 그 아름다운 장면을 우리는 영영 잊어버린 것일까? "이젠 갈 때가 됐나 보다. 부디 몸 성히 잘 지내거라. 훗날 저승에서 다시 상봉하자꾸나. 잘 있거라." 이렇게 가족에게 큰 감동과 의미를 주었던 과거 노인의 죽음은 이제 더 이상 존재하지 않는 것 같다.

죽음은 혐오의 대상으로 여겨지기 때문에 장례식도 거의 슬픔 없이 치러진다. 애도의 눈물도 없고 곡성도 없다. 아비를 여읜 상주는 울고 싶어도 손님들의 눈치가 보여서 울지 못한다. 슬픈 감정의 노출은 무례한 것으로 간주되는 것이다. 그리고 또한 무한 경쟁 사회에서 눈물은 자신이 약자임을 드러내는 것과 같다. 그래서 소량으로 분비된 상주의 눈물은 금세 말라버린다. 빈소 앞을 얼쩡거리는 중학생 아들에게 어서 집에 들어가 시험공부나 하라고 등을 떠미는 상주도 있다. 문상객들도 술과 음식 앞에 끼리끼리 모여 앉으면 금세 술잔을 돌리는 술꾼이 되어버린다. 술 먹고 떠드는 이야기가 술집에서 하는 것과 별로 다를 바 없다. 너무 취한 나머지 정말 술집으로 착각하여, 뽕짝을 부르려다가 제지당하는 자도 생기고, 어떤 자는 "이 자리 술값은 내가 내지!" 하고 실수로 취중 호기를 부려 좌중을 웃기기도 할 것이다. 그러고서 여러 달이 지난 후, 상주가 그 술 취한 문상객들 중에 누군가를 우연히 만나면 또 우스운 장면이 연출될 것이다. "아버님은 좀 어떠셔? 많이 안 좋다는 말을 들었는데……." "얘는! 돌아가셨잖아." "뭐? 언제? 왜 나한텐 연락도 안 하고……." "허참! 웃기는 놈이네. 너 문상 왔었잖아."

지금 우리는 이렇게 죽음을 배제하고 삶만 있게 하려는 천박한 사회 풍조 속에 살고 있다. 죽음을 외면하고 부정하기 때문에 모든 죽음은 누추하고 비정상적인 것이 되어버렸다. 천박한 삶은 바로 그러한 죽음을 낳는다.

헤르만 헤세는 "나의 사랑하는 형제인 죽음에게" 하면서 상냥하게 미소를 지었고, 라이너 마리아 릴케는 "오, 주여, 모든 사람에게 그들 자신의 죽음을 주소서" 하고 노래했다. 좋은 삶이 좋은 죽음을 낳을 것이다. 자연스럽고 상냥하게 다가오는 죽음. 좋은 삶을 산 자에게 죽음은 그 삶의 완성으로서 죽음일 것이다. 메멘토 모리.

바다 열병

고향이 제주인 나는 그곳을 방문할 때면, 어린 시절의 놀이터였던 용두암 근처 바닷가에 먼저 들른다. 92세의 노모를 뵙기도 전에, 아니, 또 다른 어머니가 있다는 듯이, 먼저 그 바다로 간다. 비행기 트랩에 발을 내딛자마자, 활주로를 휩쓸며 달려와 내 종아리를 세차게 후려치는 바닷바람에 깜짝 놀란다. 바람의 고장인 것이다. 그 바람에 바다 냄새가 실려 있다. 가슴이 들떠오른다. 나는 트랩에서 내리자마자 택시 타고 곧장 바닷가로 향한다. 마치 그리운 어머니를 향해, 그 품에 뛰어드는 아이처럼, 본능이 이끄는 것처럼 달려가는 것이다. 거기에 가서 어느 익숙한 현무암 바위에 걸터앉아 바다를 바라보고 있어야 비로소 가슴 속이 탁 트이면서, 고향에 왔구나 하는 실감이 생긴다.

객지 생활 반세기, 나는 그렇게 늘 고향 바다를 그리는 '바다 열병'을 앓으며 살아간다. 내 안에는 어린 시절에 마련된 조그만 바다가 있다. 그 새끼 바다가 어미 바다를 만나고 싶어 하는 것이다. '바다 열병'은 영국 시인 존 메이스필드의 시 제목 「Sea Fever」를 번역한 말이다.

> 나는 다시 바다로 가야겠네. 출렁이는 바다 물결, 야성의 부름
> 또렷이 들려오네, 차마 거부할 수 없는 그 소리
> 내게 필요한 건 오직, 바람 부는 날의 질주하는 흰 구름들과
> 하얗게 부서지는 파도, 날리는 물거품, 끼룩대는 갈매기들뿐

나의 바다를 향한 열병과 갈증도 이와 비슷해서 두 달에 한 번꼴로 고향에 내려가 바다를 보아야만 직성이 풀린다. 나는 기쁨 없는 도시의 나날들이 지겹다. 그 시인의 열망은 배를 타고 먼 바다로 나아가고 싶다는 것이겠지만, 나는 오직 어린 시절에 노닐던 용두암 근처에 가서 고향 바다를 오래도록 바라보고 싶을 뿐이다. 도시에 사는 나는 늘 잡다한 욕망과 불만에 시달린다. 욕망과 불만으로 나의 피, 내 안의 바다가 혼탁해졌다. 그래서 내 안의 바다를 정화

키 위해 바다로 가는 것이다.

　해풍에 머리칼을 날리며 바다 앞에 선다. 바람은 옛 바람 그대로 싱그럽게 불어온다. 시퍼런 잉크빛 바다, 눈부시게 흰 파도 포말. 바다는 그 자체가 거대한 생명체인 양 너무도 유연하게 출렁인다. 무량(無量)의 부피로 출렁이는 푸른 바다를 망연히 바라보고 있으면, 제반 인간사가 너무도 하잘것없고 사소하게 느껴진다. 물결의 흰 거품 속에서 즐겁게 탄성을 지르며 헤엄치는 그때의 아이들, 그리고 그 속의 어린 내가 눈에 보이는 듯 생생하게 되살아난다. 푸른 허공을 울리는 그 해맑은 목소리들! 그리고 내가 데리고 온 망아지가 곁에서 뿍뿍 풀 뜯는 소리도 귀에 들려오는 것 같다. 사춘기의 내가 어떤 격정에 사로잡혀 홀로 그 바닷가에서 파도의 흰 거품 속에 울음을 쏟아놓던 일도 생각난다. 아, 나의 어린 잔뼈를 굵히면서 나를 빚어내고 형성해준 바다!

　푸른 하늘에 새털구름이 흩어져 있고, 일렁이는 푸른 물결 위를 끼룩대며 날고 있는 흰 갈매기들, 해풍은 끊임없이 불어와 내 머리칼을 날린다. 드넓은 바다 위로 그렇게 시선을 풀어놓고 있으면, 내 두뇌의 서랍 속에 잔뜩 쌓인 갖은 잡동사니 지식이나 정보들도 해묵은 욕망과 욕정도 어느새 홀가분하게 비워진다. 도시 생활의 긴

장으로 늘 오므라들어 있던 몸의 근육들이 나른하게 풀리고, 살갗의 닫혔던 모공들도 그 푸르름을 향해 빠꼼빠꼼 열린다. 귓속에 해조음이 가득해지고, 정신이 몽롱해져 시간 가는 줄 모른 채, 아무 생각 없이, 그야말로 망연히 바라보기만 한다. 그렇게 비워진 두뇌의 공백에 바다의 드넓은 부피와 푸르름이 들어와 자리 잡는다. 내 영혼이 그 푸르름에 젖어든다. 아니, 바다가 내 안으로 들어온다기보다 내가 한 알갱이의 소금이 되어 바닷속에 용해되는 느낌이다. 잔잔한 바다. 무수히 반짝거리는 잔물결들, 부드럽게 불어오는 미풍은 저 잔물결들을 불러일으키는 것 같기도 하고, 어루만져 잠재우는 것 같기도 하다. 물 위에 가볍게 떠 있는 조그만 고무보트, 닻을 내리고 낚시질하고 있다. 잔물결에 조용히 흔들리는 그 모양이 젖먹이 아기인 내가 누워 흔들리던 아기구덕(요람)처럼 졸음에 겨워 보인다.

일단 바다를 바라보기 시작하면 좀처럼 눈을 떼기가 어렵다. 사춘기에 들어 문학을 발견하고 책 읽기를 좋아했던 때도 그 바닷가에 가면 공연한 갈증과 충동으로 불안해진 마음이 다소곳이 가라앉곤 했다. 그런데 이상하게도 바닷가에선 책이 잘 읽어지지 않았다. 바다는 책으로 가는 나의 눈길을 기어코 자기의 품으로 끌어당기고 만다. "얘야, 나를 보렴. 책은 읽어서 뭐하니. 책은 아무 쓸모 없는 것이란다" 하고 어머니의 자애로운 목소리로 타이르면서. 그렇게 바다는 나에게 아무것도 하지 말라고 무위(無爲)를 가르친다.

이러한 나의 바다 열병은 좀 유별난 것이겠지만, 그러나 정상적인 사람으로서 도대체 누가 바다를 싫어할까? 제주를 찾는 외국 관광객 중에 중국의 내륙인들이 제일 많다는데, 무엇보다도 제주의 짙푸른 바다가 그들의 마음을 사로잡는 모양이다. 내륙에 살아 생전 바다를 본 적이 없는지라 바다를 보면 환장한다고 한다. 사람들이 바다를 그리워하는 마음은 인간이 타고난 본능인 것 같다. 바닷가에 가면 부지중에 몸과 마음이 원초를 향한다. 그래서 여름철 바닷가에선 누구나 스스럼없이 쉽게 옷을 벗어 헝겊 한 쪼가리만 붙인 알몸이 되고 싶어 한다. 모든 생명이 바다에서 왔다고 하는데, 그러면 인간의 모태도 바다일 테고, 나의 바다 열병도 바다가 가르쳐준 본능일 것이다. 그래, 바다는 인간의 고향이다. 아마 그래서 나는 고향에 가면 어머니를 만나기 전에 먼저 바다를 찾게 되는 모양이다.

진화론은 발생 초기 단계의 태아 형태에서 유추하여 인간이 어류에서 진화했다고 설명한다. 인간을 포함한 모든 동물의 태아는 처음엔 물고기처럼 해마 모양이었다가 나중에야 서로 다른 특징이 나타난다고 하는데, 물고기에서 양서류로 변했다가 발생 5주 후에 물갈퀴가 사라지면서 포유류로 진화했다고 한다. 언젠가 나는 무심코 확대경으로 나의 손등을 들여다보다가 눈이 휘둥그레졌다. 확대된 손등의 잔금들이 바다의 잔물결 무늬처럼 보였기 때문이다. 물고기의 피부에 덮인 비늘들이 바다의 잔물결을 닮았고, 인간의 피부도 잔물결 무늬의 잔금들로 덮여 있는 것이다.

바다의 잔물결 속에서 발가벗고 헤엄치던 그 시절의 아이들도 몸과 영혼이 물고기를 닮았다고 말할 수 있다. 물고기처럼 몸이 가볍고 관절이 유연하여 두 시간 가까이 헤엄쳐도 지칠 줄 몰랐다. 지치면 물결 위에 누워 잠깐씩 쉬면 됐으니까. 물고기처럼 똥도 물속에서 쌌다. 물속을 들락날락 자맥질하면서 소라를 잡고 작살로 고기를 쏘았다. 등에 지느러미가 달리고 입에 아가미가 돋았던 시절이다. 나는 내 망아지를 고삐 잡고 물에 끌어들여 장난치기도 했는데, 그 녀석은 배운 적이 없는데도 헤엄을 잘 쳤다. 말뿐만 아니라, 아마도 거의 모든 동물이 본능적으로 헤엄칠 줄 알 것이다. 헤엄칠 줄 아는 본능, 동물들이 그러한 능력을 타고난 것도 바다가 그것들의 모태라는 걸 입증해주는 것은 아닐까?

본능에 철저했던, 햇볕에 검게 그을린 발가숭이 그 아이, 아가미와 지느러미 달린 물고기처럼, 여름 바다를 자유롭게 헤엄쳤던 그 아이는 지금의 나와는 전혀 다른 종류의 인간이었음이 틀림없다. 아가미와 지느러미가 달린 올챙이가 개구리보다는 물고기에 더 가까운 나름의 독립적인 존재이듯이, 그 여름 아이도 성인을 향한 성장의 중간단계라기보다는 그 자체가 독립적인 완성물인 것처럼 여겨진다. 그렇지, 그 아이가 지금의 나를 낳은 나의 아버지라고 말할 수 있겠다.

지금도 나는 바닷가에서는 책을 읽을 수 없다. 바다에 시선이 빼앗겨버려서, 멍하니 바라보는 것 말고는 아무것도 할 수 없다. 무량의 바다가 나를 가득 채우는 것 같기도 하고, 나를 텅 비워 투명하게 만들어버리는 것 같기도 하다. 바다 앞에 가면 그렇게 머릿속이 단순한 아이가 되어버리는 것이다. 그렇게, 오직 멍하니 정신 빼앗겨지기 위해 나는 바다로 달려간다. 드넓은 공간을 가로지른 먼 수평선, 물비늘 반짝이며 굽이치는 물이랑들, 그 짙은 쪽빛 위 여기저기에 떠 있는 눈부신 흰 색채들…… 흰 색의 배들, 바람에 날리는 흰 구름, 해류가 그어놓는 기다란 흰색의 궤적, 끼룩대는 흰 갈매기들, 검은 현무암에 부딪쳐 하얗게 부서지는 파도 등등.

파도가 밀려온다. 옥빛 물이랑들이 흰 물거품을 길게 물고서 잇

따라 굽이치며 달려온다. 그 흰 거품 무리가 덤불 위로 뻗어 있는 흰 으아리꽃처럼 눈부시게 아름답다. 규칙적으로 밀려와 기슭에 부서지는 파도는 마치 자신을 토해냈다가 도로 빨아들이는 것 같다. 마치 그것이 바다라는 거대한 생명체의 호흡운동처럼 느껴진다. 그것은 태초의 맥박, 영원한 숨소리, 거기에 영원의 비밀이 숨겨져 있을 것 같다. 잇따라 밀려와 기슭에 부서지는 파도들의 느린 템포에 내 호흡을 맞추려고 애써본다. 꿈틀거리며 부풀어오르는 파도의 리듬에 맞춰 숨을 천천히 길게 들이마셨다가, 파도가 절정에서 곤두박질치는 순간, 숨을 천천히 내쉬기 시작해서 파도가 완전히 부서질 때까지 참아보는 것이다. 그러나 길게 심호흡을 하면서 몇 번 따라가보지만 족탈불급이다. 도시 생활에 쫓겨 살아온 나는 폐활량이 형편없이 줄어들어 있다. 나이 든 도시인들 대개 그렇듯이 나도 폐의 삼분의 이 부분 정도만 사용해서 할딱할딱 짧은 호흡을 한다. 도시는 느린 호흡을 허락하지 않는다. 호흡이 빠르면 심장박동도 빨라지고, 그에 따라 수명도 짧아진다고 한다. 팔십 년 사는 코끼리나 삼 년밖에 못 사는 쥐나 평생 동안의 심장박동수는 같다고 하지 않는가. 아, 파도의 느린 호흡을 배우고 싶다! 그 느린 호흡을 배워 한 백 년을 살고 싶구나!

그 바닷가에는 기다란 원시 파충류처럼 땅바닥을 포복하며 얼기설기 얼크러진 자줏빛 꽃의 순비기나무들과 해풍을 타고 너울거리는 띠풀(새) 무리들이 있고, 바로 그 아래쪽으로 현무암의 기암괴석 무리들이 질펀하게 기슭을 덮고 있다. 굳센 바위, 굳센 풀. 집요하게 밀려오는 파도가 그 현무암 무리들에 부딪쳐 눈부시게 흰 포말을 뿜으며 부서진다. 바로 거기에 어린 내가 파도 속으로 다이빙하던 바위가 있다. 아이들 서넛이 붙어 앉을 수 있는 평평한 바위다. 태초에 생성된 그 바위엔 펄펄 끓는 용암이 바닷물을 만나 급냉각되면서 생긴, 크고 작은 거품 흔적들로 덮여 있다. 그 기포들에서 맹렬하게 헐떡거리는 숨소리들이 귀에 들려오는 듯하다. 그 바위 아래쪽의 조그만 틈바구니에 자잘한 노란색 거북손들이 밀생하고 있는데, 어린 시절이나 지금이나 똑같은 면적에 똑같은 모양새여서 반세기 전의 생명체가 아직껏 한 번도 죽지 않고 살아 있는 듯한 착각이 생긴다. 어린 시절에 봤던 그것의 수십 대 후손인 그 거북손 무리를 보면서 생명은 개별적으로는 유한하지만 집단적으로는 영원하다는 진리를 새삼 느끼게 된다. 젖은 바윗면 위를 기어다니는 민첩한 동작의 갯강구 무리들, 그것들도 생긴 모양이 수억 년 전의 삼엽충을 닮아서 나로 하여금 영원과 태초를 상상하게 한다.

소설가는 늙지 않는다

그 바닷가에서 태초를 몽상하게 만드는 것은 무엇보다 현무암 무리들이다. 밑부분이 물에 잠긴 거대한 현무암 암괴들은 살아 있는 검은빛 동물 같다. 물가에서 공룡들이 헤엄치는 형상인데, 해변에 널려 있는 둥글둥글한 검은 뭉우리돌들은 그것들이 낳은 공룡알들처럼 보인다. 그래, 저 검은 현무암 무리들이 푸른 바다와 거칠게 부딪쳐 일으키는 환희의 흰 거품 속에서 뭉우리돌들을 낳았다. 저 바위들은 살아 있다. 수억 년에 걸친, 알 낳기의 그 느린 움직임을 짧은 일생인 인간의 눈으로는 짐작조차 해볼 수 없다. 저 바위들은 인간이 보지 않을 때만 움직인다. 거기에서 나는 태초를 엿보고 영원을 꿈꾼다.

바다와 현무암의 부딪침은 암수의 즐거운 합환이기도 하고, 둘의 격렬한 투쟁이기도 하다. 완강한 자태의 현무암에 푸른 바다가 파도를 일으키면서 달려와 사정없이 부딪친다. 현무암과 바다의 투쟁을 바라보면서, 나는 또 다른 무언가를 배운다. 울뚝불뚝 웅크리고 있는 현무암의 검은 해변을 하얀 치열을 드러내며 물어뜯고 있는 거친 바다, 그 투쟁에서 나는 태초를 꿈꾸고 영원이란 시간을 엿보는 것이다. 투쟁은 생명의 본질이라는 말도 생각해본다. 그 투쟁을 보면서 나는 화산섬 생성의 태초를 상상한다. 태초에 투쟁이 있었다고, 중얼거려본다. 저 현무암은 푸른 바다와 붉은 용암의 위대한 투쟁을 기억하고 있을 것이다.

인간 이전의, 신(神) 이전의 그 무명의 시간을 상상해본다. 태초의 그 바다 한가운데서 화산섬이 거대한 붉은 불덩어리로 솟구쳐 오를 때, 엄청난 양으로 분출된 섭씨 천 도의 시뻘건 용암이 푸른 바다에 포위된 채 냉각되는, 그 위대한 담금질을 상상해본다. 원시의 거대한 불덩어리, 펄펄 끓는 붉은 용암 홍수가 바닷물을 만나 급속히 냉각되는 시간, 담금질의 무서운 소리, 천둥 번개와 함께 막대한 양의 수증기가 온 천지에 자욱이 피워 올라 구름 떼를 만드는 그 시간! 불과 물의 그 싸움에서 누가 이겼나? 바다가 용암의 홍수를 삼키고 냉각시켜 현무암으로 만들어버렸으니, 결국 불이 패배한 것인가? 아니다, 불은 바다 한가운데서 용솟음쳐올라 새로운 땅, 큰 섬 하나를 만들어놓았지 않은가! 붉은 팥죽같이 들끓던 용암은 이제 뻐끔뻐끔 기포의 흔적을 남긴 채 차디찬 바위로 굳어 있다. 들끓는 붉은 용암의 기억을 간직하고 있는 저 현무암의 무수한 기포 흔적들.

원래 지구는 들끓는 마그마 불덩어리였는데, 지구 내부에서 빠져나온 기체들이 대기와 구름이 되고 마침내 큰비가 만들어져 바다가 형성되었다고 한다. 식어가는 마그마 위에 형성된 바다는 처

소설가는 늙지 않는다

음에는 뜨겁다가 차츰 따뜻한 물로 변해 거기에서 생명 탄생의 화학반응이 일어났다는 것이다. 불이 물로 변한 것인데, 불과 물의 싸움에서 불이 패배한 것처럼 보이지만, 실은 그렇지 않다고 한다. 물은 단지 지구 표면만 식혔을 뿐, 땅속에 아직도 섭씨 2천 도의 마그마가 펄펄 끓고 있다는 것이다.

오늘과 같은 과학적 지구 생성 이론이 없었던 고대 그리스에서 (아마도 우연의 일이겠지만) 불은 물과 교환되고 다시 물은 불과 교환된다는 생성 이론을 편 철학자가 있었다는 것은 흥미로운 일이다. 헤라클레이토스가 바로 그 사람인데 그의 이론에 의하면, 불에서 바다가 나오고, 바다는 대지가 되고, 대지는 다시 바다가 되고, 바다는 다시 불로 귀환한다. 불이 바다가 되고 바다가 다시 대지가 되는 것이 생성 과정이라고 한다면, 대지가 바다가 되고 바다가 다시 불이 되는 것은 소멸 과정이라고 말할 수 있을 것이다. 모든 것이 소멸하여 불이 되는 일, 그것이 과연 이 지구의 운명일까? 지표 밑에 잠복해 있는 마그마의 대폭발, 소행성의 충돌 등이 대지를 불바다로 만들 운명의 시간은 언제인가?

아니, 지구 멸망의 대재난은 자연이 일으키기 전에, 먼저 인간이 저질러버릴지 모른다. 엄청나게 쌓아놓은 핵무기들을 생각해보라. 그것들이 대전쟁, 대재난을 예비하고 있는 것은 아닌지? 원폭이 터질 때 뭉클거리며 솟아올랐던 버섯구름은 화산 폭발 때의 그것과 너무도 흡사하다. 핵무기들은 가공할 대규모의 화산 폭발을 모방하고 있다. 흔히 '신들의 황혼'이라고 불리는 북유럽의 옛 민담에 전쟁과 대재난이 함께 일어나 마침내 인간 세상이 바닷속으로 침몰한다고 했다. 바그너의 오페라 〈니벨룽의 반지〉의 모티프가 되기도 했던 이 이야기는 다분히 묵시록적이다. 대재난과 전쟁으로 세계가 몰락할 때, 태양은 검어지고, 별들도 사라지고, 자욱한 수증기 속에서 화광이 충천하면서 바다가 부풀어 올라 대지를 집어삼킨다는 이 이야기는 화산 폭발과 그것과 흡사한 원폭 폭발을 연상시킨다. 태초 바다의 원시 생명체에서 진화한 인간이 지금 그 진화의 끝에서 자신을 포함한 온갖 생명체들이 서식하고 있는 지구를 파괴할 궁리를 하고 있는 것은 아닌지! 오, 인간의 치명적 어리석음이여!

그러나 아무리 종말론이 그렇고, 헤라클레이토스의 허무주의가 그렇다 하더라도 나는 단호히 그것들을 거부해야겠다. 모든 목숨이 단절되는 묵시록적 불길한 상상은 이제 그만두어야겠다. 단절 대신 영원을 꿈꾸기 위해서 이제 나는 다시 그 바다에 가야겠다. 불이 바닷속에 삼켜져 현무암으로 냉각된 모습을 보기 위해서, 불의 영원한 패배를 보기 위해서, 수억 년 세월 동안 한결같이 불어오는 태초의 바람을 만나기 위해서, 나는 다시 그 바다에 가야겠다.

소설가는 늙지 않는다

순이 삼촌

「순이 삼촌」은 4·3사건이 발발한 지 삼십 년이 되던 해인 1978
년 여름에 쓰여졌다. 그때의 나에게는 그 '삼십 년'이란 가늠하기
어려운 먼 과거였고, 그 먼 과거 속의 3만 죽음 또한 실감으로 와
닿지 않는 추상적인 숫자처럼 보였다. 그 숫자는 당시 도민 총인구
의 십분의 일, 즉 열 명 중에 한 명꼴로 학살당했다는 것을 의미했
지만, 내가 그때 느낀 슬픔과 분노는 그저 막연한 것이었다. 그 막
연한 추상을 깨기 위해서, 3만이란 추상적인 숫자에서 구체적인 개
별적 죽음들의 피와 살과 비명을 드러내기 위해서는 현장 재현 작
업이 필요했다. 고고학자가 화석의 돌조각에 생명의 숨결을 불어
넣듯이 죽은 자들을 다시 한 번 살려내어 그 비극의 현장에 재투입

하는 일, 그것이 「순이 삼촌」이었다.

4·3은 충격적 사건이었고, 그래서 소설 「순이 삼촌」도 사건이 되었고, 불온 문서로 낙인찍혀 판금되었기 때문에 「순이 삼촌」을 읽는 일마저 잡혀가는 사건이 되어버렸다. 판금 기간은 십 년이었다.

그 책에 대한 독자의 반응은 호의적인 것만 아니었다. 작품 속에 묘사된 참상들은 극히 일부일 뿐인데도 너무 충격적이어서 읽기를 꺼리는 사람들이 많았다. 하기는 그럴 것이다. 인간이 감당할수 있는 슬픔과 불행은 그 양에 한계가 있다. 상상을 초월하는 엄청난 참사인 경우, 보통 사람들은 그것을 감당하기 어려워서, 그 진상이 무엇이든 간에 알려고 하지 않고 그냥 덮어버리려는 경향이 있다. 4·3의 참사는 국가 폭력에 의해 저질러진 것이기 때문에 더욱 그러한데, "민중을 보호하는 대신, 도리어 민중을 파괴해버린다면 국가란 과연 무엇인가"라는 근원적 의문을 자신이 품게 될까봐 두려운 것이다. 그렇다. 보통 사람이 감당할 수 있는 슬픔은 작은슬픔이다. 그들에게는 4·3의 처절한 슬픔보다는 흰 눈 위의 얼어죽은 새를 슬퍼하는 것이 더 자연스럽다.

"당신, 왜 그 따위 소설을 쓰는 거요! 난 그 책 읽다가 너무 끔찍해서 내동댕이쳤소. 추접하고 징글징글해서 구역질까지 했소. 왜 그걸 까발겨? 그런 끔찍한 일은 누가 저질렀든 간에 우리의 정신위생을 위해서 덮어두어야 하는 것 아닌가. 하루에도 엄청난 수의 돼지들이 도살되는데, 그 고기를 먹는 우리의 정신건강을 위해서 그 도살 현장을 숨기고 있는 것처럼 말이오."

"아, 짜증 나! 동족에 의한 학살, 그런 이야기를 누가 읽어서 좋아하겠소. 이건 적을 이롭게 하는 이적 행위일 뿐이야."

외할아버지

최근에 나는 독일 철학자 프리드리히 니체의 행적에 대한 어떤 글을 읽고, 어린 시절 내가 목격한 일과 너무 흡사해서 깜짝 놀란 적이 있다. 한 마부가 광장에 승합마차를 세워놓고 자기 말을 사정 없이 채찍을 휘두르고, 그것을 본 니체가 달려가 그 채찍질 사이로 뛰어들어 말의 목을 껴안고 울음을 터뜨렸다는 것이다. 얼마나 가혹한 동물 학대였으면, 45세의 중년 사내인 니체가 그런 충동적 행동을 보였을까.

소년 시절 한때, 나는 말과 가까이 지낸 적이 있었다. 중학생인 내가 어머니와 누이동생과 함께 외갓집에 얹혀살 때였다. 외할아버지는 과묵한 성격이어서 손주인 나를 아끼긴 했지만 자상한 사람은 아니었다. 말보다는 표정으로 사랑을 표현했다. 말없이 웃기만 했는데, 눈꼬리에 자글자글 잡히던 그 다정한 잔주름살들이 선연히 떠오른다. 가끔 어린 손주가 하는 짓이 기특하다고, 너털웃음을 터뜨렸는데, 그때마다 나는 그 큰 너털웃음 소리에 깜짝깜짝 놀라곤 했다. 할아버지는 주경야독의 시인이었다. 남들처럼 감물들인 갈옷 차림으로 밭일 들일을 근실히 하면서도, 겨울 농한기에는 책을 읽고 한시를 썼다. 할아버지가 쓴 시를 나는 닷새에 한 번 꼴로 다른 동네에 사는 강장의 어른에게 배달하는 심부름을 했는데, 강장의 어른이 쓴 답시는 그분의 손주가 배달해오곤 했다. 일이 바쁠 때는 갈옷 입은 채로 향교 출입을 하곤 했다. 훗날 나는 그분이 남긴 한시의 묶음 속에서 피갈회옥(被褐懷玉)이란 성구를 발견했다. "비록 갈옷을 입었지만 가슴에는 구슬을 품었다."

할아버지는 암말 한 마리를 길렀는데, 처음에 그것은 비루먹은 병든 말이었다. 비루는 그 당시 가축에 흔히 생기던 피부병 이름인데, 4·3사건을 치른 직후 몹시 궁핍하던 때라 좋은 말은 언감생심이고, 병든 말이라도 사다가 잘 가꾸어 쓸 수밖에 없었다. 처음에 그 말은 정말 몰골이 흉했다. 영양실조로 좌우대칭이 깨진 여윈 몸에 피부는 비루먹어 군데군데 털이 빠지고, 털 속에 진드기가 끓고,

눈에 눈곱 끼어 파리가 엉겨 붙어 있었다. 할아버지는 정성껏 병든 말을 치료했다. 쇠빗으로 털을 꼼꼼히 빗겨 진드기를 털어내고, 비루먹은 자리에 약을 발라주고, 보리죽도 먹이고, 하루에 한 번씩 날달걀과 참기름을 먹였다. 할아버지가 힘주어 말의 목을 껴안고 놋숟갈로 잇바디(치열)를 열어, 그 사이로 날달걀과 참기름을 넣은 유리병 주둥이를 찔러 넣는 장면은 언제 보아도 재미있었다. 그렇게 해서 말은 마침내 한 달 만에 건강을 되찾았다.

건강해진 말은 자태가 아름다웠다. 갈색 털빛이 고운 그 말은 이마 한가운데 예쁜 장식처럼 흰 털이 소복이 돋아난 속칭 태성박이였는데, 이마에 큰 별이 박힌 것처럼 멋있다는 뜻이었다. 그 아름답고 우아한 자태가 지금도 눈에 선하다. 잘 먹어서, 가슴팍 근육은 실하게 툭 불거지고, 궁둥짝도 육덕 좋게 미끈하고 펑퍼짐했다. 우아하게 긴 목덜미, 풍성한 검은 머리칼(갈기)과 꼬리, 엇베인 왕대 끝처럼 뾰족하게 서슬 진 두 귀도 아름다웠지만, 쌍꺼풀에 긴 속눈썹의 두 눈은 더 아름다웠다. 할아버지는 말을 아껴서 농사일에만 사용했을 뿐, 결코 타고 다니는 일은 없었다.

얼마나 내가 그 말을 좋아했던지! 학교에 다녀야 하는 나로서 그 말과 놀 수 있는 시간은 방과 후 용연에 물 먹이러 갈 때였다. 더운 여름날엔 할아버지의 왕골 패랭이를 쓰고, 맵찬 바람이 부는 겨울날에는 그분의 털실 목도리를 두르고서 말을 이끌어 물가로 데려가곤 했다. 왕골 패랭이에서는 할아버지의 땀 냄새, 털실 목도리에선 그분의 담뱃진 냄새가 났다. 그리고 말이 물을 먹을 때, 물이 쿨렁쿨렁 긴 목을 넘어가는 요란한 소리도 생각난다. 그 소리는 큰비 오는 날, 내가 사는 아파트의 홈통 속을 가득 채우며 빠르게 낙하하는 빗물 소리와 비슷해서, 그걸 들을 때마다 마음이 싱숭생숭해지곤 한다. 더운 여름날에 나는 때때로 말과 함께 그 시원한 용연 물에서 헤엄치며 놀기도 했다. 털빛 고운 말 잔등을 쓰다듬을 때의 그 매끈한 감촉, 그 말이 부드러운 주둥이로 오물거리며 내 손바닥을 만질 때의 그 간지러움, 그리고 그 구수한 입 냄새도 생각난다. 코끼리처럼, 말도 코가 손이다.

그날은 건초 추수하는 날이었다. 초가을 들어, 하늬바람이 터져 건기가 시작되자, 집집마다 목장에 올라 건초 장만에 바빴다. 우리 집 어른들도 며칠 전부터 목장에 부지런히 오르내리고 있었다. 학교 다니는 내가 그날 목장에 올라갔던 걸 보면, 아마 일요일이었던 모양이다.

풀밭에는 낫으로 베어 넘긴 목초가 늘비하게 널려 있었는데, 이삼일 전에 벤 풀들은 벌써 햇볕에 말라 향기로운 건초가 되어 있었다. 목장 아래 저 멀리 마을의 초가집들이 풀밭에서 풀을 뜯는 마소들처럼 보였다. 그 마을로 건초를 날라야 했다. 말이 겨우내 먹을 만큼의 건초를 실어다 마당 구석에 지붕 높이로 쌓아놓으려면, 열댓 번쯤 목장에 오르내려야 하는 고된 노역이었다. 그날은 말과 어른들 모두가 등짐으로 건초를 날라야 하기 때문에, 내가 고삐를 쥐고 말을 이끌었다. 석양 무렵, 외줄기 하산 길에 건초 더미의 느린 행렬이 길게 이어졌다. 그 행렬 중에는 교모를 쓴 중학생 아이들이 몇몇이 있었는데, 그들도 나처럼 말을 이끌고 있었다. 그 당시에는 중학생 신분이 자랑스러워 들에 가나 밭에 가나 늘 교모를 쓰고 다녔다.

그런데 그 행렬에 건초를 잔뜩 실은 마차 한 대가 끼어들었다. 바로 우리 앞이었는데, 동네 청년 말코였다. 말처럼 발씬발씬 콧구멍 넓히는 버릇이 있다고 그런 별명이 붙었다. 말코는 삯을 받고 마차로 남의 짐을 실어다 주는 일을 했는데, 아마도 그날만은 마차에 실린 것이 남의 것이 아니라 자기 말이 먹을 건초였을 것이다. 평소에 동네 아이들은 그를 싫어했다. 말을 너무 때리면서 혹사시켰기 때문이었다. 집에 들어가면 제 각시도 그렇게 팬다고 했다.

말은 이번에도 혹사당하고 있었다. 마차에 실린 건초 더미는 말이 견딜 수 있는 무게가 아닌 것이 분명했다. 높이 쌓아올린 건초 더미는 마차 바퀴가 길바닥에 솟아 있는 돌부리에 부딪칠 때마다 위태롭게 휘우뚱거렸다. 마차 바퀴의 쇠테가 돌에 부딪쳐 번쩍번쩍 불똥을 튕겼다. 허덕거리면서 마차를 끄는 말의 등허리가 땀에 흠뻑 젖어 있었다. 보다 못해 할아버지가 짐 진 채 앞으로 내달아 말코를 붙잡았다.

"야, 이 사람아, 말을 죽일 작정이라? 마차를 세워라! 이대로 가다간 틀림없이 마차가 뒤집어질 거여. 어서 마차를 세우고 짐을 덜어!"

말코가 남의 일에 웬 간섭이냐고, 콧방귀 뀌는데, 말이 위험을 감지했는지, 아니면 너무 지쳤는지, 조금 더 가다가 우뚝 멈춰 섰다. 그러자 말코가 고삐를 마구 휘둘러 말을 사정없이 후려쳤다. 말이 고통스럽다고 몸을 부르르 떨고, 푸르룩 코투레를 했다. 모진 매를 맞으면서 잠시 버티던 말이 다시 주춤거리며 걷기 시작했다. 건초 더미가 다시 아슬아슬하게 기우뚱거리기 시작했다. 그런데 얼마 못 가서 웬걸, 뜻밖의 일이 벌어졌다. 휘우뚱거리던 건초 더미가 한쪽 귀퉁이에서 무너져내린 것이다. 마차가 흔들리면서 짐을 동여맨 밧줄이 느슨해진 탓이었다. 그제야 안심이 된 할아버지는 웃으면서 부드럽게 말했다.

"허허, 그것 봐! 짐을 적당히, 알맞게 실으라는 뜻이여. 자, 내가 도와줄 테니, 다시 짐을 꾸리세."

그러나 말코는 적반하장격으로 갑자기 분통을 터뜨리며 말에게 덤벼들더니, 다시 고삐를 휘둘러 말 머리를 사납게 갈기기 시작했다.

"이노무 새끼! 일하기 싫으니까 꾀를 부려? 역부러 마차를 흔들어 짐을 허물어놓고!"

나는 매 맞는 말이 너무 불쌍해서 발을 동동 굴렸다. 니체가 사나운 채찍질 사이로 뛰어들어 말의 목을 껴안고 울음을 터뜨렸을 때의 그 충동을 나도 그때 느꼈던 것 같다. 마침내 할아버지가 달려들어 고삐를 빼앗았다. 길이 막히자 뒤에 오던 몇몇 어른들이 짐을 부려두고 모여들었다. 고삐를 빼앗긴 말코는 이번엔 머리에 썼던 좀먹은 낡은 중절모를 벗어 그걸로 때리려는 걸 할아버지가 또 막아섰다.

"어허, 이 사람이 참말로 환장했능가. 자기 말 잡아먹지 못해 환장핸? 저거, 저 말굽을 보라! 저래서 말이 걷질 못하는 거라."

할아버지는 말의 한쪽 앞발을 가리켰다. 말굽에 피가 맺혀 있었다. 말굽이 찢어졌나? 말굽이 찢어지면 큰 낭패였다. 할아버지는 말굽쇠를 박을 때처럼, 말 다리를 뒤로 구부려 가랑이에 끼고서 피가 엉겨 있는 말굽 바닥을 들여다보았다. 다행히 말굽은 찢어지지

소설가는 늙지 않는다

않고, 모난 자갈이 말굽에 끼어 상처를 낸 모양이었다. 나무 꼬챙이로 자갈을 파내주면서, 할아버지가 말했다.

"말이 땀을 많이 흘렸으니, 소주에 날달걀을 섞엉 두어 번 먹여주어사 허크라. 그래야 병나지 않주."

그런데 그 충고에 대한 그자의 답변이 가관이었다.

"그런 비싼 걸 짐승에게 먹여 마씸? 그런 거 있으면, 내가 먹으쿠다."

곁에 있던 다른 어른들이 그 말에 너무 어이없어 혀를 찼다.

"저녀러 자석, 말뽄새 좀 봐!"

"개불쌍놈이로고!"

"개꼬리 삼년 묻어도 황모 못 된다더니!"

나를 포함해서 동네 중학생 셋이 그 장면을 목격했는데, 말코의 말 학대에 격분한 나머지 그자를 응징하기로 음모를 꾸몄다. 그날 우리는 한밤중에 말코네 집 앞으로 몰래 접근했다. 빈 마차가 그 집 앞 길가에 세워져 있었다. 마차를 숨겨버리면, 그걸 찾아낼 동안 적어도 하루는 그 말이 일하지 않고 쉴 수 있을 터였다. 우리는 미리 준비해간 새끼줄로 쇠테 바퀴를 감고 소리 안 나게 끌고 가 근처 냇가의 무성한 풀더미 속에 처박아버렸다.

서정시 쓰기 어려운 시대

　자카리아 모함마드 씨, 귀국 후 그간 안녕하셨는지요? 폭력과 억압, 불안이 일상화되어 있는 그곳이라 이렇게 안부를 묻는 것이 여기서처럼 단순한 인사치레가 아님을 실감합니다.

　이번에 당신이 한국의 벗들에게 보낸 글은 그냥 입 다물고 있기에는 너무 벅찬 감동이어서 이렇게 몇 자 답글을 써봅니다.

　모함마드 씨, 2년 전 우리 두 사람은 잠깐일망정 한 번 만난 적이 있습니다. 제주에서 열린 4·3항쟁기념 문학 강연회에 강연자로서 함께 참여했을 때였지요. 전국에서 꽤 많은 문인들이 모여들어 성황을 이루었는데, 강연이 끝난 뒤에는 그들을 따라 4·3 수난의 상징처럼 되어 있는 북촌 마을을 찾아가 평화와 상생을 기원하면서 동백나무 한 그루를 심기도 했습니다. 날씨는 심술궂어 심은 나무가 제대로 살지 걱정스러울 정도로 바람이 여간 거세지 않았습니다. 제주 특유의 맵찬 강풍에 육지에서 온 문인들은 사뭇 놀라 몸을 움츠렸는데, 눈부시게 흰 거품을 말갈기처럼 날리면서 잇따라 달려오는 파도들, 그리고 바다의 그 지독하게 시퍼렇던 색깔이 생각납니다. 단 이틀 동안에 무자비한 학살로 5백여 명이 사라져 무남촌으로 변해버렸던 북촌의 원한과 분노가 그 독한 푸른빛을 뿜으며 하얗게 들끓는 듯했습니다. 그 바닷가로 가면서 나는 팔레스타인의 슬픔과 분노가 북촌의 그것과 같은 것이어서 당신의 은빛 머리칼이 짙푸른 파도의 머리에서 들끓는 눈부시게 흰 포말의 색과 잘 어울린다고 생각했습니다.

모함마드 씨, 한국 현대사의 최대 참사인 제주 4·3사건, 무고한 양민 3만 명이 희생된 그 사건이 발생했던 1948년은 당신의 조국 팔레스타인도 역시 대참사를 겪은 해였습니다. 1만 명이 죽고 70만 명이 자기 땅에서 쫓겨났다고 했습니다. 나는 그날, 당신의 강연에서 나크바(Nakba, 대참사)란 단어를 처음 들었죠. 저항하는 민중 1만 명이 희생된 채, 조국 땅이 신생국 이스라엘의 식민지로 전락한 이래 지금까지 60년 가까운 세월을 당신네는 비참한 연옥의 생활을 해오고 있습니다.

그날 강연에서 당신과 나는 마치 사전에 교감이 있었던 것처럼 똑같이 문학과 '기억'의 문제에 대해 언급했습니다. 당신은 "시는 시드는 것, 사라지는 것, 죽어가는 것들을 기억하는 것이다"라고, 즉 당신의 문학은 '기억의 문학'이라고 말했습니다. 물론 '시드는 것, 사라지는 것, 죽어가는 것들'의 중심에는 팔레스타인 민중이 놓여 있겠죠. 당신의 시「재갈」에 등장하는 검은 말은 이마에 아름다운 장식처럼 흰 털이 나 있는 아름다운 준마인데, 당신은 그걸 이마에 흰 별이 박혀 있다고 표현했습니다. 정확한 표현이죠. 말의 고장인 제주에서도 그러한 말을 이마에 큰 별이 박혔다고 '태성박이'라고 합니다. 이 시 속의 검은 말은 굴레를 쓰지도 않고 재갈도 물지 않은 자유로운 영혼입니다. 그런데 그 말이 자꾸만 뭔가를 집요하게 씹고 있었습니다. 입술 밖으로 피를 흘리면서.

　　그 말은 굴레도 쓰지 않고
　　입안에 재갈도 물지 않았다.
　　그런데도 말은 오연히 머리를 쳐들고
　　무엇인가를 씹고 또 씹었다
　　입술 밖으로 뜨거운 피를 흘리면서

소년이 놀라 물었다

저 말은 무엇을 씹고 있나요?

저 말은 기억의 재갈을 씹고 있단다,

차가운 강철로 벼리어진,

죽을 때까지 씹고 또 씹어야 할

기억의 재갈을 씹고 있단다.

— 자카리아 모함마드, 「재갈」에서

　당신의 '기억의 문학'은 나의 식대로 말한다면 '기억 투쟁의 문학'입니다. 나는 내 몫의 강연에서 '기억 투쟁'에 대해서 말했죠. 1948년의 제주 참사는 역대 독재 정권에 의해 철저히 금기의 영역으로 묶인 채 반세기 넘도록 망각을 강요당해왔습니다. 우리의 입에 재갈이 물려 있었던 것이죠. 생존자들의 뇌리에 남아 있는 그 참사에 대한 기억을 강제로 지우려는 권력의 만행을 나는 '기억의 타살 행위'라고 부르고, 그 공포정치 속에서 참사에 대한 기억을 지니고 산다는 게 너무 두려워 스스로 그 기억을 지워버리려는 자포자기를 '기억의 자살행위'라고 부릅니다. 그래서 문학은 기억의 타살, 자살을 거부하고, 참사의 진실·진상을 망각에서 구해내는 '기억 투쟁의 문학'이어야 했던 것이죠. 그래요. 우리도 그 말처럼 입술에 피를 철철 흘리면서 기억의 재갈을 씹고 또 씹었습니다. 강철로 된 재갈, 우리의 연약하고 부드러운 혀를 짓누르는 재갈, 우리는 그 쇠뭉치를 씹고 또 씹으면서 부드러운 혀로 그것을 밀어내면서, 어렵사리, 힘겹게 어눌한 음성으로 말하기 시작했던 것입니다.

모함마드 씨, 당신이 한때 문학의 사회적 의무에 대해 회의했듯이 나 역시 그러했습니다. 그러나 공동체 붕괴의 대참사를 겪은 그 공동체의 한 구성원으로서 작가가 아무 일도 일어나지 않은 것처럼 서정만을 노래할 수는 없다는 것을 우리는 곧 깨닫게 되었죠. 아도르노가 "아우슈비츠 이후 시를 쓴다는 것은 야만적이다"라고 했을 때, 그 시는 서정시를 뜻합니다. 브레히트의 시 「서정시 쓰기 힘든 시대」에서 시인의 펜대를 움직이게 한 것은 사과꽃의 아름다움 같은 서정이 아니라 화가(히틀러)의 언행과 같은 정치적인 것이었습니다.

모함마드 씨, 자기 땅에서 추방되어 해외에 떠도는 이산 동포들의 고향 땅에 대한 절절한 그리움이 감동적으로 묘사된 당신의 글을 읽으면서 나는 '디아스포라'(diaspora)라는 단어를 떠올려보았습니다. 원래 이산 유대인을 뜻했던 이 단어가 지금은 종족에 관계없이 일반적인 이산 난민을 지칭하는 말이 되어 있지만, 팔레스타인에서는 유대 민족의 수난과 관계 있는 이 단어를 사용하기 꺼려하는지도 모르겠습니다. 왜냐하면 과거에 수난과 이산을 경험했던 유대 민족이 오늘날에는 도리어 점령자·압제자로 군림하면서, 팔레스타인 땅에 수많은 죽음과 난민·이산민을 발생시켰기 때문입니다.

그리고 나는 당신의 글에서 반가운 이름을 발견했는데, 그는 가싼 카나파니입니다. 민주화 투쟁으로 들끓던 1980년대에 한국의 저항적 작가들이라면 대개 읽어보았을 그의 소설『불볕 속의 사람들』이 생각납니다. 그 소설도 자기 땅에서 강제로 뿌리 뽑혀 추방당한 사람들에 대한 이야기였던 듯한데, 그 작가 역시 죽어서도 고향에 못 돌아가고 객지에 묻혀 있으니 팔레스타인이 처한 가혹한 운명이 아프게 내 가슴을 칩니다.

좋은 글을 읽게 해준 데 감사를 드리며, 여전한 건필을 기원합니다.

---

* 자카리아 모함마드: 팔레스타인 시인. 그의 문학은 점령지에 사는 삶의 고통과 분노, 슬픔을 감동적으로 그려내고 있어 현대 아랍시의 가장 모범적인 사례로 평가되고 있다. 그는 2005년 제주도에 열린 한국작가회의 전국대회에 초청되어 강연을 한 바 있는데, 필자가 그를 만난 것은 그 모임에서였다.

반영웅론

生當作人傑　살아서는 당연히 사람들 중 호걸이었고

死亦爲鬼雄　죽어서도 역시 귀신들 중 영웅이리라

至今思項羽　지금도 항우를 그리워함은

不肯過江東　강동으로 달아나지 않았기 때문이라네

　위의 시는 중국 남송시대의 저명한 시인이었던 이청조의 것으로 제목이 「하일절구(夏日絶句)」인데, 번역하면 '어느 여름날에 노래하다'가 될 것이다. 사면초가 속에서 유방의 한나라 군사에게 포위되어 대패했을 때 강동으로 달아나지 않고 분전하다가 자결한 초패왕 항우의 기개를 칭송한 시인데, 지금도 중국인들의 사랑을 받는 명시로 꼽힌다.

이 시에 나타나 있듯이 중국인들은 역사상 수없이 출몰했던 영웅호걸 중에서 초패왕 항우를 제일 좋아하는 것 같다. 한국인들 중에도 항우를 좋아하는 이들이 적잖은데, 아마도 항우 이야기가 고전적인 비극 미학의 구조를 지니고 있기 때문일 것이다.

항우의 초인적 힘과 기개를 말할 때 늘 따라붙는 말이 '역발산기개세(力拔山 氣蓋世)'이다. '산을 뽑을 만한 힘, 세상을 덮을 만한 기상'을 가졌다는 뜻이다. 그러나 우리가 항우에게 끌리는 것은 그가 단지 용맹무쌍한 전쟁 영웅이어서가 아니라, 사면초가 속에서 마침내 애첩 우희와 함께 자살로써 파국을 맞이한 그 비극적 서사 때문일 것이다. 잔인한 카리스마의 그 사내가 아름다운 애첩 앞에서는 강아지 뱃살처럼 말랑말랑해져, 그녀를 늘 가슴에 품고 싶어서 전쟁터에까지 데리고 다녔는데, 그러다가 사면초가 속에서 그녀 또한 스스로 목에 칼을 찌르고 자결하고 말았던 것이다. 한때 천하를 뒤덮었던 권력과 영광이었기에, 몰락의 낙차는 너무도 컸다. 이 영웅 서사에서 가장 큰 감동은 바로 비극적 사랑이 포함된 '위대한' 몰락이다. 영웅 서사에서 몰락의 낙차가 크면 클수록 우리는 가슴 떨리는 카타르시스를 느낀다. 잔인무도함이 비극적 아름다움이 된다. 어쩌면 거기에 숭고미조차 있어 보인다. '카타르시스'는 고대 그리스의 아리스토텔레스가 그의 비극론에서 한 말이다. 어쨌든 항우 서사는 고대 그리스 비극의 전형적인 모습과 많이 닮았다. 중국 오페라인 경극 레퍼토리 중에 가장 인기 있는 〈패왕별희〉는 바로 그 이야기를 극화한 것이다.

그러면 과연 항우는 위대한 영웅일까? 도대체 '위대함'이란 무엇인가. 〈패왕별희〉처럼 슬프고 아름답게 채색되어 대중의 사랑을 받아온 이 서사의 배후를 들여다보면, 항우의 눈부신 카리스마의 첫째 조건은 말할 것도 없이 잔인무도함이다. 항우는 진나라와의 전쟁에 승리했을 때, 포로 20만을 학살한 대도살자였다. 저항할 능력이 전혀 없는 20만 민초를 그야말로 풀밭을 장낫으로 휙휙 베어 넘기듯 해치워버렸다. 시산혈해(屍山血海), 바로 그 위에서 그의 권력, 강력한 카리스마가 세워진 것이다.

한두 사람 죽인 자는 단지 살인자일 뿐이지만, 20만을 죽인 자는 불세출의 영웅이 되는가. 물론 우리 모두가 그렇게 생각하지는 않을 것이다. 그러나 이성적으로는 그렇지 않다는 걸 알면서도, 야릇하게 거기에 현혹되고 마는 사람들이 적지 않다. 그 20만의 죽음이 자신의 운명일 수 있는데도 사람들은 그 의미를 헤아리지 못한다. 다만 어마어마한 카리스마에 압도당할 뿐이다. 압도된 나머지 오관이 봉쇄되고, 이성이 마비되고 매료당한다. 「하일절구」의 시인이 그렇듯이, 지식인마저 그 도적에게 간단히 매료되어버린다.

민중을 파괴한 도살자를 칭송하는 이러한 현상을 우리는 어떻게 봐야 하나? 과연 민중은 무엇이고 지식인은 무엇인가? 아니, 인간은 무엇인가?

지금 러시아에서는 전시대의 무서운 악령 스탈린이 부활하고 있는 중이다. 서유럽을 나치에서 구해준 영웅이며, 러시아 국력의 상징이라고 대서특필되면서, 그가 되살아나고 있는 것이다. 최근 실시된 전화통화 여론조사에 따르면, 전체 러시아인의 삼분의 일이 스탈린의 복권을 찬성했다고 한다. 특히 젊은 세대가 적극적이라고 한다. 사후 격하운동으로 사라졌던 그의 대형 초상화의 재등장과 함께 동상들도 다시 세워지고 있다. 독수리의 양 날개처럼 멋있게 가꾼 콧수염과 군모 군복 차림의 카리스마 넘치는 그의 대형 초상화 앞에서 환호하는 젊은 여자들의 모습도 신문에 보도되었다. 무서운 일이 벌어지고 있는 것이다. 대숙청 기간 동안에 반대파 1백만 명 이상을 학살한 대도살자가 되살아나고 있다. 스탈린의 부활과 함께, 그의 후계 세력들이 권토중래를 도모하고 있다고 한다. 더욱 문제인 것은 스탈린 지배를 겪지 않은 젊은 세대의 무비판적 태도다.

항우의 경우와 마찬가지로 그의 위대함의 본질은 잔혹함이다. 스탈린의 넘치는 카리스마는 일백만의 죽음 위에 세워진 것인데, 그러므로 젊은이들의 환호는 동족 일백만의 죽음을 외면한다는 뜻이다. 미체험 세대인 그들에게 그 대학살은 너무도 먼 과거의 일이라 막연한 추상으로만 존재할지 모른다. 이 모든 것은 그동안 과거 청산을 위한 개혁, 재교육, 격하운동이 부실했던 탓이다.

민중을 무참히 파괴한 자를 민중이 칭송하고 있는 이 어처구니없는 현상에 우리는 탄식한다. 과연 민중은 무엇인가? 그리고 인간은 무엇인가?

한국전쟁 전후에 발생한 제주4·3사건과 보도연맹사건에서 10만 이상의 민간인이 무고하게 학살당했다. 그 학살의 최종 책임자가 이승만인데, 그러면 그가 영웅인가? 그렇게 생각하는 사람이 적지 않다. 아마 항우를 영웅으로 생각하는 사람들일 게다. 그러나 잔인무도함에선 항우에 못지않았으나, 그의 몰락에는 항우와 같은 기막힌 드라마가 없다. 국외로 쫓겨 나간, 누추하기 짝이 없는 종말일 뿐이었다. 그런데도 그를 칭송하는 목소리가 사회 일각에서 큰 반향을 일으키고 있다. 최근 일부 보수 언론과 뉴라이트 세력이 '국부' '건국의 아버지' 혹은 '위대한 생애' 따위의 이름으로 이승만 부활 운동을 펴기도 했다. 학살과 부정부패로 점철된 그의 삶이 어떻게 '위대한 생애'가 될 수 있는가. 더구나 '건국의 아버지'라니, 어떻게 제 새끼들을 잡아먹은 자를 아비라고 부를 수 있는가. 민중을 무참히 파괴한 자를 어떻게 민중이 칭송할 수 있는가. 과연 민중은 무엇이고 인간은 무엇인가?

사시나무

먼저 퀴즈 하나. 다음은 흥부전에 나오는 말인데, 괄호 속의 단어 중 맞는 것은?

이놈의 심사 이러하야 모과나무같이 (질기고, 성마르고, 뒤틀리고, 배배 꼬이고)

물론 답은 '뒤틀리고'이다. 당신은 답을 맞추었는가? 맞추었다면 아마도 대입 시험 준비하면서 배웠을 것이다. 그런데 이 익살맞은 비유는 실생활에서 거의 쓰이지 않는다. 1980년대만 해도 이와 같은 순수한 우리말이 만든 메타포가 소설 작품에 별 무리 없이 등장할 수 있었는데, 이제는 그 태반이 사어(死語)가 되다시피 하고 있다. 지난 삼십여 년 동안의 과격한 사회 변화는 경박한 새것을 얻기 위해 소중한 과거의 가치를 저버린 결과를 낳았는데, 언어생활에도 그와 같은 현상이 벌어지고 있는 것이다. 그래서 국어사전 속에서 사어들의 묘역이 급격히 늘어나고 있는데, 이런 형편이라면 차라리 그 단어들을 고어사전에다 이장하는 것이 옳지 않겠는가. 나처럼 나이 든 작가들의 머릿속에는 사어가 되어버린 단어들이 그득할 텐데, 그 단어들에게 문장을 주고 문맥을 주어 세상에 내보낼 수 없는 처지가 참 한심스럽다.

민중이 오랫동안 사용해왔던 자연친화적인 비유들이 이제는 많이 사라졌다. 요즘 젊은이들은 재래시장에 팔기 때문에 간혹 모과라는 과일은 알아도 그 나무를 아는 사람은 그리 많지 않을 것이다. 몸통이 뒤틀려 있는 모과나무를 본 적이 없는데, 어떻게 '모과나무같이 뒤틀린 심사'라는 비유를 이해할 수 있겠는가.

옛사람들은 서울의 남산을 보고 누에 대가리처럼 생겼다고 했는데, 누에를 본 적이 없는 사람들에게 이 근사한 비유가 무슨 의미가 있겠는가. 또 하나의 예를 들어보자. 숲 속에 안개가 자욱해지면, 그 안개가 나뭇잎들에 엉기어 작은 물방울들을 만들고, 그 물방울들이 아래쪽 잎들 위에 후둑후둑 떨어지면, 그 물방울 소리들이 안개처럼 온 숲에 자욱해지는데, 마치 잠실의 먹성 좋은 누에들이 뽕잎 먹는 소리처럼 들린다. 잠실의 누에들이 뽕잎 먹는 소리, 나로서는 너무도 근사한 비유인데, 독자들이 모르니 내 글에 써먹을 수가 없다. 누에를 모르는데, 잠실을 어떻게 알고, 잠실에 누에가 얼마나 많은지, 그 누에들이 얼마나 먹성 좋은지를 어떻게 알겠는가. '잠실' 하면 강남의 잠실은 아는데, 그 지역이 예전에 양잠업이 성행했던 곳이었다는 것을 모르는 사람이 많다.

'사시나무처럼 떤다'라는 비유도 젊은 세대가 사시나무를 모르기 때문에 조만간 사어가 되어버릴지 모른다. 애석하지만, 내 글에서는 이미 사라져버렸다. 젊은이들 중에 사시나무는 몰라도, 백양나무라면 아는 사람들이 더러 있을 것이다. 백양나무는 사시나무의 다른 이름이다. 사시나무 잎들은 건듯 불어오는 미풍에도 예민하게 반응하여 안절부절, 몸살 나게 하늘거리는데, 그래서 '사시나무처럼 떤다'라는 메타포가 생겼다. 그러니까, '사시나무처럼 떤다'는 정확하게 표현하자면 '사시나무 잎처럼 떤다'인 것이다.

잎의 뒷면이 흰색이어서 수많은 잎들이 초록과 흰색을 파닥파닥 번갈아 뒤집으며 쉴 새 없이 햇빛을 튕겨낸다. 그리고 그 수많은 잎들이 만들어내는 저음의 술렁거림은 또 얼마나 신비로운가! 황홀한 빛과 소리의 군무, 천 개의 흰 눈동자와 낮게 속살거리는 은빛

이야기의 끝없는 수다. 바람이 전혀 느껴지지 않을 때도, 대기에는 약하지만 지속적인 기류의 움직임이 있어 사시나무의 잎들을 설레게 만든다. 진정할 수 없는 설렘, 그 아름다움은 젊은이들이 모르기 때문에 늙은 나에게는 더욱 소중하다.

오래된 낙인

미국의 한 흑인이 강간범이라는 부당한 누명을 쓰고 십 년 복역 도중 DNA검사에서 무죄로 판명되어 석방되었다. 그러나 그는 취직할 수 없었다. 무죄가 입증되었는데도 회사의 여사원들이 무서워서 그와 같이 근무할 수 없다고 했기 때문이다.

박정희 전두환의 독재정권 시절에 가혹한 고문에 의해 조작된 사건들이 민주화 이후에 재심 청구로 무죄 선고를 받은 일이 많다. 그러나 안타깝게도 너무도 때늦은 그 무죄 판결들은 피해자의 명예 회복에 별로 도움이 되지 않았다. 신문 기사에 의하면, 한 시민은 간첩으로 조작되어 15년 옥살이를 하고 출옥 후 재심을 요구해

소설가는 늙지 않는다

서 무죄 선고를 받았는데, 그렇게 무죄가 입증되었음에도 주변 사람들은 그를 여전히 빨갱이로 여겨 기피한다는 것이었다.

역시 신문에 실린 이야기인데, 간첩의 누명을 쓰고 5년 몇 달의 형을 살았던 또 한 시민은 24년 만에 재심을 청구해서 무죄 선고를 받던 날, 기자와의 인터뷰에서 그동안 숨겨왔던 5년여의 감옥살이를 청년이 된 아들에게 털어놓겠노라고 말했다. 수감 당시 네 살이었던 아들에게 아비는 그 수형 기간 동안 일하러 외국에 나가 있던 것으로 되어 있었다. 그러나 아들은 나이가 들어가면서 수시로 동정을 살피러 찾아오는 경찰을 보고 의심을 품지 않을 수 없었다. 그 때문에 부자 사이가 늘 불편했는데, 이제는 아들에게 떳떳하게 결백을 말할 수 있어 좋다고 했다. 어떤 선고가 나올지 몰라, 그는 아들에게 재판이 열린다는 말도 못 했는데, 이제는 무죄 선고 기사가 실린 신문과 소주 한 병을 내놓고 아들과 마주 앉을 수 있어서 좋다고 했다.

아비와 아들이 무죄 기사가 난 신문을 펴놓고 마주 앉아, 소주를 마시면서 그 조작극의 진상을 말하고 듣는 그 감격적인 장면을 상상해보자. 아비의 눈에서 오랜 세월 동안 억울하게 참았던 눈물이 하염없이 흘러내렸을 것이다. 아들의 반응이 어떠했을까? 아들도 혼쾌히 함께 울어주었을까? 그러지 않았을 수도 있다. 억지웃음은 발작적으로 터져 나왔겠지만, 눈물은 좀처럼 나오지 않았을지 모른다. 비록 자식이라 할지라도 이십사 년간 뇌리에 박혀온 고정관념의 단단한 껍데기를 깨기는 그리 쉬운 일이 아니니까.

　오랜 세월이 지난 뒤에야 재심으로 무죄 선고를 받은 조작 간첩 사건들은 안타깝게도 무죄 입증에도 불구하고 그 해묵은 낙인이 쉽게 지워지지 않고 있다.

압도적인 불행과 문학

예컨대 4·3사건과 같은 큰 불행, 큰 재난은 너무도 압도적이어서 문학에 수용하기가 아무래도 쉽지 않은 것 같다. 다니엘 디포는 7만 명 런던 시민의 목숨을 앗아간 흑사병의 참극을 겪었으면서도 그것을 외면한 채『로빈슨 크루소』를 썼고,『수상록』을 쓴 몽테뉴 역시 유그노 대학살 사건과 그로 인해 발발한 내란을 겪었으면서도 거기에 대한 글이 없다. 그와 같이 문학은 막심한 고통의 불행을 다루기를 꺼려하는데, 그러한 글은 쓰는 사람도 괴롭고 읽는 사람도 괴롭기 때문이다. 4·3의 참사 역시 생각만 해도 인간 정신을 송두리째 집어삼켜버릴 정도로 압도적이다.

문학이 허용하는 슬픔은 슬프지만 비통하지 않은 슬픔, 즉 애이 불비(哀而不悲)의 슬픔이다. 전반적인 행복의 분위기 속에 잠시 끼어 있는 불행이거나, 불행 속에서도 행복을 꿈꿀 수 있는, 그러한 불행만을 문학이 다룬다는 말이다. 문학이 즐겨 다루는 슬픔은 무엇보다 '감미로운 슬픔'일 것이다. 붉게 타는 저녁놀에 감동을 받았을 때 문득 두 눈에 차오르는 눈물. 그것이 감미로운 슬픔이다. 흘린 눈물만큼이나 심신이 가뿐해지는 그런 슬픔, 그것은 오히려 슬픔이 아니라 진정한 행복이 아닐까.

어떤 상황을 묘사(설명)하는 말은 진실(진상)의 전부를 드러내지는 못할지라도, 성의를 갖고 노력하면 그것에 가까이 다가갈 수 있다. 진실(진상)의 크기를 품기에 너무도 모자라는 말은 크기를 너무 부풀린 과장된 말과 마찬가지로 진실을 왜곡하는 것이다. 용산 참사의 경우도 애이불비의 슬픔이 아니기 때문에 문학이 외면했다. 그래서 사건의 크기에 비해서 말은 너무 적고 너무 작았다. 모깃소리만큼 작았다. 거기에 비해서, 비슷한 시기에 있었던 추기경의 죽음은 얼마나 많은 추모의 말을 불러왔던가. 무관심이, 너무도 작고 적은 말이 용산 참사를 별거 아닌 것으로 만들어버렸다.

그런데 4·3사건의 참사야말로 그 압도적인 크기에 비해 말이 너무도 부족한 경우다. 역대 정권의 철저한 금압으로 입이 얼어붙었던 지난 세월이야 그렇다손 치더라도, 금기의 상당부분이 풀린 지금에도 그 사건의 진실 진상에 다가가려는 말들은 너무도 부족하다. 물론 위에서 언급한 것처럼 압도적인 큰 불행을 피해가려는 문학의 나쁜 습관 때문에도 그러하겠지만, 4·3사건이 인간의 언어가 닿지 않는 먼 곳에 있다는 막막한 느낌 때문에도 그러할 것이다. 말보다 수만 배 더 큰, 필설로는 다 할 수 없는, 이른바 언어절(言語絶)의 현상이 바로 4·3의 진상이 아닌가.

인간의 머리로는 도무지 이해할 수 없는 일을 인간 자신이 저질렀다. 지난 반세기 동안 공포의 금압 속에서 울음소리도 낼 수 없었다. 억눌린 침묵과 공포 속에서 소리 없는 눈물과 숨죽인 흐느낌만이 있었다. 우리는 각자 한 번의 삶을 살고, 한 번의 죽음을 죽는다. 그래서 타인들의 죽음에서 하나의 죽음은 어느 정도 이해할 수 있고, 그리고 어느 정도 적절하게 애도할 수도 있다. 그러나 4·3의 3만 죽음은 우리의 인식능력과 상상력을 훨씬 초월해버린다. 이 엄청난 슬픔을 어떤 말로 애도할 수 있을까? 어떤 말로 표현할 수 있을까? 3만의 죽음은 우리의 인식능력을 초월해버리기 때문에, 그것을 표현하기에는 말이 너무 모자라다. 그 사건 앞에서 인간의 언어는 너무도 빈약하다.

4부

늙으면 흉내가 고소해진다는 말

자작나무의 유혹

옛말에 늙으면 흙내가 고소해진다는 말이 있다. 늙어 흙에 묻힐 때가 머지않았다는 뜻인데, 죽음을 두려움이나 슬픔이 아니라, '고소한 흙내'로서 흔연히 받아들였던 우리 선인들의 넉넉한 풍류가 가슴을 친다. 나도 늙기 시작해서 그런지, 한 1년 전쯤서부터 아스팔트를 벗어나 생흙을 밟고 다니기를 좋아하게 되고, 거기에 자라는 초목들을 관찰하는 버릇이 생겼다. 이제는 더 이상 새 사람을 사귀지 않고, 이왕의 벗들도 전만큼 자주 만나지 않게 되면서, 그 자리를 풀과 나무들이 차지하게 되었다. 이렇게 내가 아주 자연스럽게 풀과 나무에게 마음을 빼앗기고 있는 것은 아마도 흙으로 돌아가 내 몸을 구성했던 원소들을 초목의 뿌리에게 내어줄 때를 예감

하고 있기 때문일 것이다.

풀과 나무들을 그 이름을 알아 분간해내는 일은 새로운 발견의 기쁨이다. 나의 호명에 따라 그것들이 잡목 숲 혹은 잡초 무더기 속에서 익명 혹은 무명의 꺼풀을 벗고 개성의 빛나는 모습을 드러냈을 때의 그 경이로움이라니! 이름을 아느냐, 모르느냐가 그렇게 큰 차이를 만든다. 아기똥풀꽃, 얼마나 예쁜 이름인가! 산에 가면 자꾸 그 꽃에 눈이 가는데, 그건 순전히 그 예쁜 이름 때문이다. 아기 똥, 그래, 젖 먹는 아기의 똥은 예쁜 노란색이고 구린 냄새도 없다. 갓난쟁이 손주를 안고서, 혹시 요놈이 똥을 쌌나 하고 코를 대고 큼큼 냄새 맡다가 기저귀를 열고 노란 똥을 확인할 때처럼, 나는 그 노란 꽃에 몸을 기울여 큼큼거리면서 들여다보기를 잘한다. 내가 그쪽으로 몸을 기울이면 꽃도 아기처럼 방긋 방긋 웃으면서 나를 보고 있는 듯한 느낌이 든다. 꽃과 나 사이에 감정이입이 일어나는 것이다. 사람이 꽃을 보기도 하고, 꽃이 사람을 보기도 한다. 논의 벼들도 자주 찾아오는 주인의 발걸음 소리를 듣고 자란다고 하지 않는가.

실물은 못 본 채 이름만 알고 있던 것들을 우연히 산야에서 만났을 때의 기쁨이라니! 예컨대 가스통 바슐라르가 그 험상궂은 가시들 때문에 '대지의 분노'라고 한 호랑가시나무를 한라산 밑 야초

소설가는 늙지 않는다

지를 배회하다가 만났을 때, 마르셀 프루스트가 그 화사한 아름다움을 공들여 묘사했던 아가위나무꽃 무더기를 강원도의 어느 시골집에서 만났을 때, 혹은 김유정의 소설에 나오는 동백나무, 그 노란 꽃무더기를 2월의 흰 눈 속에서 만나, 그것이 실은 생강나무라는 걸 알았을 때, 그 최초의 만남이 준 기쁨의 감각은 아직도 생생하게 느껴진다. 마치 그 거장들이 숨기고 있는 문학적 비밀까지 엿본 것 같은 느낌이었다.

그런데 오랫동안 동경했던 자작나무를 제대로 만난 것은 아마도 15년 전쯤이 될 것이다. 내가 보고 싶어 한 것은 산에 자라는 야생의 자작나무지, 도시의 공원에다 옮겨다 심은 것을 말하는 것이 아니다. 요즘 공원 같은 곳에 가면 자작나무들이 가끔 눈에 띄는데, 모두가 수입해온 것이거나, 묘목을 키워 옮겨 심은 것들이다. 자작나무는 추운 북방 지역의 나무인지라, 체질이 남한의 따스한 기후에는 잘 안 맞은 탓에 줄기의 흰색도 그을음이 오른 듯 거무끄레하고, 잎의 노란 단풍도 물색이 칙칙하여 영 곱지 못하다. 마치 북방으로부터 잡혀 온 포로들처럼 활기가 없어 보인다.

나무껍질에 기름이 많아 불에 태우면 자작자작 소리가 난다고 해서 자작나무라고 했다. 나는 백석의 시 「자작나무」와 영화 〈닥터 지바고〉에 나타난 그 나무의 이미지에 매료되었는데, 그것이 내 마음속에 북방 정서의 이국적 아름다움으로 신비화되어 있었다.

산골집은 대들보도 기둥도 문살도 자작나무다
밤이면 캥캥 여우가 우는 산도 자작나무다
그 맛있는 모밀국수를 삶는 장작도 자작나무다
그리고 감로같이 단샘이 솟는 박우물도 자작나무다
산 너머는 평안도 땅도 뵈인다는 이 산골은 온통 자작나무다

— 백석, 「자작나무」 전문

냉전시대에 시베리아는 갈 수 없는 금단의 땅이어서, 〈닥터 지바고〉의 배경으로 나오는 혹독한 추위의 설원과 그 속의 자작나무 숲은 노르웨이에서 촬영된 것이라고 했다. 항일 빨치산의 아지트들이 있었다는 백두산 아래 삼지연 근처의 자작나무 숲은 잠시 끊겼다가 블라디보스토크에서 다시 이어져 시베리아 철도를 따라 모스크바에 가 닿고 또 그 연장선이 노르웨이 숲 지대까지 이어진다는데, 그 영화에서 백설이 가득한 화면을 가로질러 흰 입김을 무지막지하게 내뿜으며 달리는 시베리아 철도의 기차와 그 연도에 빙

청(氷靑)의 푸른 하늘을 배경으로 시린 흰빛으로 서 있는 자작나무 숲들의 장관, 그리고 그 숲에서 출몰하는 적군과 이에 맞선 백군 무리가 연출하는 혁명적 상황 등은 내 상상력을 압도하고도 남음이 있었다.

그리고 아름다운 여인 라라, 나뭇잎이 금빛으로 화사하게 물든 늦가을의 자작나무를 닮은 그 흰 피부와 금발, 그리고 주변에 자작나무 숲이 많다는 바이칼 호수처럼 푸른 눈 또한 잊을 수 없는 이미지다. 바이칼 호수 근처에는 자작나무 숲이 많다고 한다. 자작나무는 한겨울 눈 속의 은빛 자태도 일품이지만, 나뭇잎들이 온통 금빛으로 물드는 늦가을에 더 아름답다. 어느 화면에선가 보았는데, 노랗게 물든 자작나무 숲에 일진 질풍이 불어닥쳐 수많은 나뭇잎들이 일시에 허공을 가득 메우면서 금빛 소낙비처럼 푸른 물 위로 쏟아지는 정경은 참으로 가슴 떨리는 아름다움이었다.

고교 시절 이발소에서 흔히 볼 수 있었던 그 '이발소 그림'이 무엇인지 이제는 알겠다. 싸구려 페인트로 서툴게 그린 그 그림에는 푸른 호수 위에 백조 서너 마리 떠 있고 물가를 따라 잎을 노랗게 물들인 흰색 줄기의 나무들이 물 위에 그림자를 드리우면서 숲을 이루고 있었는데, 그것이 바로 자작나무였던 것이다. 최근에 인터넷을 찾아보고 나서야 러시아에는 그런 소재의 그림이 흔하다는 것도 알았다. 그러니까 그 이발소 그림은 러시아 화가의 것을 서툴게 본뜬 복제품이었던 것이다. 원본의 그림들을 비록 사진으로 본 것이긴 해도, 나의 상상력을 자극하기에 충분했다. 푸른 호수와 그 물가의 자작나무들, 나뭇잎들은 노랗게 금빛으로 물들고, 늘씬하게 곧게 뻗어 오른 은빛 줄기들. 그것들은 어쩔 수 없이 영화 〈닥터 지바고〉의 여주인공 라라의 금발과 하얀 피부와 푸른 눈을 생각나게 한다. 그 영화는 한겨울 적설(積雪)과 혹한의 시베리아를 감동적으로 보여준다. 광막한 흰 눈의 시베리아 벌판, 하얀 눈 기둥처럼 빽빽이 서 있는 자작나무 숲, 흰 증기를 엄청나게 뿜어대는 흰 눈 속의 검은 기차, 거기에 실린 유형수들, 자작나무 숲 속에서 출몰하는 빨치산들, 그리고 차르의 폭정만큼이나 혹독한 유형지의 추위…….

고교 시절의 그 이발소 그림 곁에 붙어 있던 "삶이 그대를 속일지라도 슬퍼하거나 노여워하지 말라……" 운운한 러시아 시인 푸시킨의 시구도 생각난다. 자작나무는 러시아의 상징이어서, 그곳 시인들의 시에 자주 나타난다고 한다. 시인 세르게이 예세닌은 "나는 내 고향을 떠났다./ 나의 푸른 러시아를 떠났다./ 호수 위 오리온 별자리 속의 자작나무 숲은/ 늙으신 어머님의 슬픔을 따뜻하게 달래준다." 하고 노래했다. 흰 눈 속에 은빛의 벗은 몸으로 서 있는 모습이 아름다워 자작나무를 겨울나무라 부르기도 한다. 러시아인들의 총애를 받다가 서른 살의 젊은 나이에 스스로 목숨을 끊어버린 세르게이 예세닌은 겨울의 자작나무를 이렇게 묘사했다.

나의 창 아래 자작나무
겨울의 은빛 추위 속에서,
새벽 최초의 빛이 가장 부드러운 흰 눈과 함께
만들어놓는 여명의 밝아오는 빛 속에서
자작나무는 화환처럼 하얗게 서 있다.

햇빛은 흰 서리를 뚫으며
들판에 퍼지고 있는데
자작나무는 이 시간 아직도
하늘의 별들을 빛나게 하고 있다.

새벽은 밭들과 잠들어 있는 쟁기들을 일깨우지만
자작나무에 가서는 혹시 깰까봐
은빛 가지들을 살며시 어루만지기만 한다.

—세르게이 예세닌, 「자작나무」 전문

이러한 나의 별난 관심은 드디어 어느 날 태백산 산행에서 처음으로 실물의 자작나무 숲을 만나게 해주었다. 정상 근처였는데, 그 이채로운 아름다움이 내 시선을 확 잡아당겼다. 백색의 미끈한 줄기에 노랗게 물든 이파리들을 바라보면서 혹시나 하고 고개를 갸우뚱하는데, 지나가던 등산객이 그게 바로 자작나무라고 가르쳐주었다. 그때의 기쁨이라니! 그 첫 상봉이 얼마나 기뻤던지 하산하자마자 어서 가자는 일행을 붙잡고 등산로 입구 음식점에서 술을 엄청 마셨던 일이 생각난다. 내가 그토록 흥분한 데는 그럴 만한 또 다른 이유가 있었다. 자작나무의 은빛 줄기는 종잇장처럼 얇은 껍질들로 겹겹이 덮여 있어서 쓰다듬는 내 손바닥에 부드러운 촉감을 주었는데, 나에게 자작나무를 가르쳐준 그 등산객이 그 종잇장 같은 껍질을 조금 벗겨내어 라이터로 불을 붙이면서 이렇게 말했던 것이었다. "자작나무 껍질은 기름이 많아 추위에 강하고, 비에 젖어도 불에 잘 타지요." 라이터 불이 옮아 붙은 그 얇은 껍질은 기름 먹은 종이처럼 지글지글, 길게 외줄기 그을음을 끌면서 타올랐다. 그 순간 어떤 기억이 떠올랐다. 십여 년 전, 그와 똑같은 말을 하면서 그와 똑같은 동작으로 나무껍질을 벗겨 라이터 불로 태우던 한 노인이 생각났던 것이다. 오래전에 한라산 유격대의 아지트 유적을 찾아 헤맬 때 길라잡이를 해주던 분이었다. 그러니까 자작나무는 내가 관심 갖기 훨씬 전에 그 노인과 함께 만난 적이 있는 구면의 나무였던 셈이다. 한라산 가까이 동북쪽, 높이 솟은 나무숲이 우거진 어느 오름(야산)에서 그 노인이 이덕구 대장의 마지막 아지트라고 하면서 가리킨 풀숲 속에서 움막을 둘렀던 돌담과 깨진 무쇠솥 하나가 발견되었는데, 그 근처에 그 나무가 서너 그루 서 있었다. 이름이 제낭(노린재나무)인데, 유격대의 불쏘시개였다고 했다. 그러니까 제낭은 자작나무의 제주 사투리였다. 한라산에는 자작나무가 드물어 유격대의 땔감은 못 되고 비 온 날의 불쏘시개로나 쓰였던 모양이다.

내가 제대로 된 자작나무 숲을 본 것은 몇 년 전 남북작가회의 참가차 방북했을 때였다. 백두산 밑 삼지연 근처의 울창한 자작나무 숲을 봤을 때의 감동을 구태여 여기에 늘어놓을 필요는 없겠다. 우리가 머물렀던 베게봉 호텔의 앞길에 한 농부가 통째로 벗겨낸 흰 나무껍질을 잔뜩 짊어지고 가기에 물어보았더니, 그것이 자작나무 껍질이고 땔감으로 사용한다는 것이었다. 그 말에 문득 생각나는 일이 있어서, 근처에 서 있는 자작나무 한 그루에게로 다가갔다. 그 나무의 얇은 껍질을 조금 벗겨 라이터로 불을 붙여보고 있는

데, 늘 나를 따라붙던 그 보위부원이 반색하면서 다가왔다. 정치적
처지가 서로 다르긴 하지만, 말씨가 상냥하고 용모가 단정하여 다
소 호감이 가는 청년이었다. "어떻게 자작나무 껍질이 유격대의 땔
감이란 걸 알았습네까?" 그 질문에 나는 "백두산 유격대만 있는 줄
아슈? 한라산 유격대도 있지요." 하고 퉁명스레 응수해주었다. 한
라산에선 유격대의 요긴한 불쏘시개였던 그 귀한 나무가 백두산
근처에선 지천으로 널려 있어 맘대로 땔감으로 쓰였다는데, 그러
나 그것이 부러워서 한 소리는 아니었다. 4·3항쟁을 아주 하찮게
취급하던 북의 그들은 1980년대에 들어서 남한의 민주화운동 속
에서 그 항쟁의 기억이 크게 부각되자, 앗 뜨거라 싶었던지, 역사서
의 쪽수를 늘려가면서까지 그 항쟁을 재평가하는 촌극을 벌인 것
에 대한 나의 비아냥거림이었던 셈이다. 그 청년은 자기도 4·3항
쟁을 조금 안다고, 자기 어머니가 4·3의 참화 속에서 부모를 잃은
고아였다고 말했다. 할머니, 할아버지까지 학살당하고, 열서너 살
의 소녀였던 그녀와 두 살 밑의 남동생만이 남았는데, 그 두 오누이
를 외할아버지가 죽음의 땅에 버려둘 수 없다고 일본으로 밀항시
켰고, 일본에 도착한 직후 동생마저 잃어버린 그녀는 그 이역 땅에
서 동생을 찾아 헤매다니면서 갖은 고생을 하다가 몇 년 후에 공부
를 하겠다는 결심을 하고 북송선을 타고 '공화국'에 들어왔다는 것

소설가는 늙지 않는다

이었다.

그래, 자작나무는 아름답다. 그러나 눈 덮인 흰 자작나무 숲에서 벌어지는 무서운 총격전, 그 흰 눈 위에 뿌려지는 붉은 피는 싫다. 4·3의 경우처럼, 많은 피난민들이 유격대와 함께 수난당하는 내용의 영화 〈디파이언스〉를 보다가, 나는 총성, 비명, 흰 눈 위의 붉은 피, 널브러진 떼주검들의 장면을 외면한 채, 그 뒤에 있는 자작나무 숲만 바라봤던 일이 기억난다.

강정이 울고 있어요

　강정을 아시나요? 화산섬 제주에는 경치가 아름답지 않은 곳이 없지만, 그중에도 가장 경치가 빼어나고, 물 좋고, 살기 좋다고 해서 일강정이라고 불리는 마을이 그곳입니다. 수많은 기암괴석들과 물 맑은 크고 작은 시내들, 그 맑은 물들이 바다와 만나는 곳에 이루어진 아름다운 작은 연못들, 그리고 수려한 경치를 닮은 아름다운 생물들이 자유롭게 어울려 살고 있는 그곳을 당신은 가보았나요? 서울내기 어느 여성 화가는 자연의 에너지가 가장 충만한 곳이라고 하면서 지금 그곳에 상주하다시피 하고 있어요. 그곳에 가보세요. 제주 올레길 트레킹에 참가하여 그곳에 가보세요. 올레길들 중에 가장 풍광이 아름다운 곳이 7코스인데, 그 코스의 끝에 그 마을이 있습니다. 가슴이 저리도록 아름다운 곳이에요. 물이 맑아 붉은발말똥게, 원앙새와 같은 희귀종, 멸종 위기의 생물들도 거기에서는 아주 건강하게 살아가고, 앞바다에는 바다의 꽃인 연산호 무리가 큰 군락을 이루어 서식하고 있지요. 그래서 벌써부터 유네스코 생물권보전지역, 국토해양부 생태보전지역으로 지정되어 있는 곳입니다.

그리고 그 바닷가에 '구럼비바위'라는 거대한 암반이 있습니다. 바닷가 1.2킬로미터에 걸쳐 질펀하게 퍼져 있는데, 겉으로는 수많은 바위들로 이뤄진 것처럼 보이지만, 하나로 이어진 통바위입니다. 거기에 가거든 신발 벗고 그 암반 위를 맨발로 걸어보세요. 그 바위 위에 등 대고 누워도 보세요. 부드럽고 따뜻한 살에 닿는 듯한 감촉에 분명히 당신은 놀라게 될 거예요. 야릇하게도 그 암반이 어떤 생물처럼 느껴지는 것이죠. 무엇보다도 놀라운 일은 당신의 맨발 밑, 암반의 표면에 기묘한 추상화들이 아로새겨져 있다는 것입니다. 그 암반의 기슭에 거칠게 부딪치는 파도를 보면, 태초에 화산의 들끓는 용암이 질펀하게 흘러가 푸른 바다와 만나 급속히 냉각되는 위대한 담금질을 상상할 수 있는데, 그 담금질이 구럼비바위의 표면에 천태만상의 정교한 문양, 디자인, 색채의 아름다운 추상화를 각인해놓고 있다는 것이죠. 신의 손길이 느껴져요. 그 자연의 추상화를 탁본(프로타쥬)한 것만으로도 훌륭한 미술 작품이 된 것도 여러 점 있습니다. 그뿐만이 아니죠. 이 거대한 면적의 암반에는 그 속을 혈맥처럼 흐르는 암반수가 만들어놓은 맑은 물의 조그만 연못, 물웅덩이들이 여기저기에 있는데, 그 소우주들에 애틋하게 아름다운 작은 생물들이 서식하고 있습니다. 그리고 그 암반에는 곳곳에 바위틈에 핀 야생화들의 강인한 아름다움도 있습니다. 멸종 위기의 희귀종들이 많이 섞여 있는 그 생물들을 유심히 바라보노라면, 그것들이 인간만큼이나 귀하고, 인간 종은 지상의 다양한 생물 종 중에 하나일 뿐이라는 것을 새삼 깨닫게 되지요. 그것들도 인간과 마찬가지로 평등한 삶을 살 권리가 있지 않겠습니까. 구럼비바위와 그 작은 생물들은 인간보다 오히려 더 본질적이고 더 위대해 보입니다. 그래요, 구럼비! 그보다 더 오래된 것은 없습니다. 그보다 더 새로운 것은 없습니다. 수만 년의 시간 속에 변하지 않는 영원한 새로움이 거기에 있습니다.

그런데 그 아름다운 것들이 지금 대량 학살 당할 위기에 놓여 있습니다. 그 해변에 해군기지가 들어서고 있습니다. 지난 사 년 동안 해군기지 반대운동을 벌여왔던 강정 주민들은 지금 정부의 가혹한 탄압으로 극도의 공포와 피로, 절망에 빠져버렸고, 이때를 노린 국방부는 군사작전처럼 전격적으로 마을에 쳐들어가고 있는 것입니다. 구럼비바위 한쪽이 벌써 파괴되기 시작했습니다. 화산 폭발의 태초를 아름다운 추상화로 아로새겨 기억하고 있는 구럼비바위가 파괴당하고 있습니다. 태고 이래의 장구한 시간이 한순간에 의해 파괴당하고 있습니다. 생물생태계뿐만 아니라, 인간생태계도 파괴되고 있습니다. 청동기시대의 집터가 발견된 곳, 최초의 인간 이래 수천 년 동안 인간들이 맥을 이어 살아왔던 곳입니다. 그렇기 때문에 인간의 영혼이 깊이 스며들어 있는 땅이죠. 그 땅이 파괴되고 있습니다. 태고 이래 면면히 이어온 그 유구한 인간생태계를 어떻게 그렇게 한순간에 파괴할 수 있단 말입니까? 그 아름다운 것들, 희귀한 것들이 한꺼번에 깔아뭉개지고 몰살되고, 그리고 인간들은 제 땅에서 뿌리 뽑혀 쫓겨 나갈 날이 바로 눈앞에 다가오고 있습니다.

기지가 건설되면, 아름답던 일강정에는 기지와 그 철조망 주변의 퇴폐적인 기지촌만이 남을 뿐입니다. 그래요. 강정의 자연은 강정 주민들 것만이 아니죠. 왜 강정 주민들만 싸워야 하나요? 강정은 우리 국민의 땅이요, 그것의 상실은 우리 모두의 상실입니다. 그 땅은 우리 모두의 소유입니다. 강정의 아름다운 자연은 우리 모두의 휴양과 휴식, 우리의 행복과 평화를 위해 온전히 보존되어야 합니다. 평화, 그래요, 전쟁이 아니라 평화를 위해서! 제주도는 육십여 년 전, 현대사의 최대 참극인 4·3사건을 겪은 땅입니다. 그 사건이 양대 이데올로기의 충돌과 미국의 세계 전략의 일환으로 발생한 사태이므로 제주도는 세계를 향해 전쟁 반대와 평화를 외칠 충분한 자격이 있습니다. 그래서 우리는 정부가 명명한 그대로 제주도가 명실공히 '세계 평화의 섬'이 되기를, 세계열강을 비롯한 각국이 그 섬에 모여 머리를 맞대고 평화를 논의하기를 바라왔습니다. 그런데 군사기지 건설이라니요. '평화의 섬'과 전쟁의 상징인 군사기지는 양립할 수 없습니다. 평화는 전쟁으로 이룩할 수 없습니다. 평화는 평화에 의해 이룩됩니다. 평화는 전쟁이 아닌 이성적 사고와 노력을 통해서 창조되어야 합니다.

그래요. 강정은 강정 주민의 것만은 아닙니다. 우리 모두의 것이죠. 그리고 또한 그 땅은 우리 당대의 것만은 아니죠. 그 땅은 영원한 미래의 시간 속에서 찰라에 불과한 우리 당대의 것만은 아닙니다. 그 시간 속에서 우리는 찰라적 존재에 불과하므로, 그 땅은 우리 것이 아니라, 우리 이후 끊임없이 이어질 후손들의 것입니다.

다음에 소개하는 것은 김수열의 시 「강정이 운다」의 일부인데, 이 시에서 시인은 사라질 위기에 놓인 강정의 장소들의 이름을 하나하나 호명하면서 슬픔을 토로하고 있습니다.

물이 좋아 일강정

　　　　　　　　　소설가는 늙지 않는다

물 울어 일강정

소왕물 울어 봉둥이소 따라 울고

봉둥이소 울어 냇길이소 숨죽여 울고

냇길이소 울어 아끈천 운다

할마님아 하르바님아

싹싹 빌면서 아끈천이 운다

풍광 좋아 구럼비 운다

구럼비 울어 나는물 울고

나는물 울어 개구럼비 앞가슴 쓸어내린다

물터진개 울고 지서여 따라 운다

요노릇을 어떵허코 요노릇을 어떵허코

썩은 세상아 썩은 세월아

마른 가슴 썩은 섬이 운다.

* 「강정이 울고 있어요」, 2011년 발표

산방산, 그 평지돌출의 역사

산방산, 아름다운 산이다. 평지에 홀로 우뚝 솟아 있다. 수직에 가깝게 가파른 기암절벽으로 병풍을 두른 산. 어느 방향, 어느 곳에서도 산방산은 자신의 아름다운 둥근 몸체를 통째로 보여준다. 평지돌출의 특이한 아름다움이다. 그리하여 그 산에 평지돌출의 역사가 있다.

산방산에 다가가기 전에 먼저 화산섬 특유의 제주 산천에 대해서 살펴보자.

백록담은 알다시피 화산의 분화구다. 정상이 움푹 패어 들어갔다고 해서 옛사람은 한라산을 무두악(無頭岳)이라고 부르기도 했다. 그러나 머리가 없는 것은 한라산 정상만이 아니다. 산정에서 내려다보면 한라산은 양 어깨 위에 늘어뜨린 여인의 긴 머리채처럼 동서로 완만하게 굽이치며 뻗어 있는데 산맥에 솟아 있는 크고 작은 연봉들은 새끼화산(子火山)들로 백록담처럼 꼭대기가 우묵하게 가라앉은 분화구 자취를 갖고 있는 것들이 많다. 오름이라고 불리는 이 새끼화산(혹은 기생화산)들은 산맥에만 있지 않고 한라산 밑 광활한 들판에서 해변에 이르기까지 여기저기 올망졸망 솟아 있는데 그 수가 360여 개나 된다.

　탐라는 태곳적, 큰 바다 한가운데서 화산 폭발로 솟아오른 화산도다. 제주도의 지층을 연구한 학자는 화산 폭발이 오랜 세월을 두고 여러 번 있었던 것으로 판단하고 있다. 어미화산인 한라산은 품이 넉넉한 어미처럼 양팔을 벌려 제 새끼들을 보듬어 안고 있는 형국인데 품을 벗어나 가까운 바다에 섬이 된 오름도 있으니, 우도와 비양도가 그것들이다. 그리고 한라산 슬하 여기저기에 마을을 이루어 살아가는 인간들도 오름들과 함께 어미 한라산의 새끼들이다. 산세를 좇아 사람이 난다고 했다. 제주인은 예로부터 풍속이 순박하다고 평판 듣는 것은 한라산 산세가 그리 험하지 않고 완만하고 너그럽기 때문이 아닐까? 오름들은 더 부드럽고 상냥스러운 모습을 하고 있는데, 예각적인 봉우리가 전혀 없고 바위도 거의 드러내 보이지 않은 채 양순한 암소처럼 혹은 경주 고분처럼 평퍼짐하게 드러누워 있다.

그런데 유독 제주섬의 서남쪽 끝에 위치한 지역의 산들만은 예외다. 그래서 오름 대신에 산이라고 불리는 모양인데, 산방산 군산 송악산 단산 등이 그러하다. 특히 산방산은 깎아지른 듯이 가파른 돌산으로 풍치 좋기로 유명하다. 엎어놓은 철모 형상인데, 평지에 불쑥 솟아오른 것이 매우 당돌한 느낌을 준다. 그 때문일까, 산방산 주변의 대정고을 마을들은 자고로 거센 반골 기질로 이름이 높다. 노무현 대통령은 말년에 사면초가의 위기에 놓였을 때, 봉화산이 산맥에 이어져 있지 않고 외롭게 홀로 솟은 그 평지돌출을 한탄했다고 한다.

나의 장편소설 『변방에 우짖는 새』는 산방산 주변 지역에서 벌어졌던 역사적 사건들과 민중의 삶을 형상화해본 작품이다. 지금으로부터 30여 년 전, 소설 소재를 취재하기 위해 하루에 한 번 다니는 버스를 간신히 얻어 타고 벽촌인 서광리와 동광리를 찾아갔던 일이 생각난다. 흙먼지 날리는 좁은 흙길이 지금은 차량이 씽씽 내달리는 아스팔트 길로 변하고, 두 마을도 지금은 남부럽지 않은 삶을 누리고 있지만, 전시대에는 화전민촌으로 종종 발생했던 민란의 진원지 중에 하나였다.

거기에서 만난 젊은 농사꾼들, 방금 귤 과수원에서 일하고 돌아온 그들에게서 나는 강한 인상을 받았다. "이 고장은 역향(逆鄕)입주!" 하고 말할 때의 그 이글거리는 눈빛들을 나는 지금도 잊을 수 없다. 반역의 땅. 글에서도 말에서 잘 나타나지 않는 이 단어를 시골 청년들의 입에서 들을 줄이야! 그들은 자신의 조상이 일으킨 거사에 큰 자부심을 느끼고 있었다. 그들은 내가 모르는 새로운 역사적 사실들을 알고 있기도 했다. 장두 강제검이 대정 고을 형방 벼슬을 살았다는 것과 부패의 원흉으로 지목되어 난민의 뭇매에 장살당한 제주성의 영이방 김종주는 큰돈을 내놓아 흉년 백성을 먹여 살린 공덕으로 지금도 칭송을 받고 있는 김만덕의 양아들이라는 것. 그리고 난민들이 제주성 김종주의 집에 쳐들어갔는데, 우리 속의 돼지도 호사롭게 잘 먹어 탱탱 살쪄 있더라고, 그 살찐 돼지를 잡아 허연 비계를 여러 사람이 장도칼로 베어내어 가죽 버선에 쓱쓱 발랐다고 했다.

전설에 산방산은 원래 한라산 산봉우리였다고 한다. 아득한 옛날 한 사냥꾼이 한라산에 사냥하러 갔는데 하루 종일 찾아 헤매던 끝에 속세의 인간이 범접해서는 안 될 비경인 상상봉까지 오르게 되었다. 정상 근처에는 한여름인데도 흰 눈이 덮여 있었는데, 거기에 눈처럼 흰 백록 무리들이 놀고 있는 것이 보였다. 사냥꾼은 그중 한 마리를 겨냥해서 활을 쏘았는데, 화살이 빗나가 엉뚱하게도 구름 위에서 낮잠 자고 있는 옥황상제의 엉덩이에 꽂히고 말았다. 화가 난 옥황상제가 벌떡 일어나 한라산 상상봉을 발로 걷어차니, 우직끈 뽑힌 산봉우리는 서남쪽으로 멀리 날아가 산방산이 되고, 뽑힌 자리는 움푹 파여 백록담이 되었다는 것이다.

평지돌출로 당돌하게 솟은 그 산의 산세 때문인지는 몰라도 대정고을은 자고로 여러 민란의 진원지가 되어왔다. 제주의 대표적 민란인 강제검란, 방성칠란, 이재수란이 모두 그곳에서 발생했다. 산세를 좇아 인물이 난다는 속신은 물론 풍수설에 의한 것이다. 한라산 주봉의 서남쪽에 있는 어승생 오름은 골짜기 수가 많은 특이한 산으로 흔히 '아흔아홉골(九十九谷)'이라고 불리는데, 골짜기 수가 하나 모자라 제주도에는 호랑이도 안 나고 왕도 안 난다는 전설이 있다. 또 다른 전설에 의하면 제주도는 원래 왕과 제후들이 솟아날 왕후지지(王候之地)였는데(산방산 정상에도 왕후지지가 있었다고 한다) 고려 조정에서 파견한 지사(地師) 호종단이 들어와 산방산 꼭지를 포함한 열세 개의 명당을 단혈(斷血)해버렸다고 했다. 침쟁

소설가는 늙지 않는다

이 맥을 짚어 침을 찌르듯이 쇠꼬챙이를 정확하게 혈맥들을 찾아 꽂았다고 한다. 산천의 혈맥이란 지맥(地脈)과 수맥(水脈)을 뜻했다. 지하에서 용출하는 샘물에는 그것을 지키는 물할망(水神)이 있는데, 수많은 물할망들이 그 쇠꼬챙이에 맞아 죽었다.

그렇게 호종단이 지맥과 수맥을 끊어버렸기 때문에 제주땅에는 인물도 안 나고 물도 귀하다는 것이다. 물이 부족한 제주에서 하천이라면 대개가 건천이다. 제주의 척박한 토양의 자연환경과 역사환경을 상징적으로 드러내주고 있는 호종단 전설은 제주 전역에 분포되어 있다. 물론 역사적으로 제주에 뛰어난 인물을 많이 배출하지 못한 것은 중앙의 변방에 대한 혹심한 차별 정책에 그 원인이 있다. 그러므로 큰 인물을 배출하지 못함을 풍수설에 빗대어 설명한 것은 어쩔 수 없는 변방적 척박한 삶과 관권의 침학에 대한 체념이요, 자기합리화라고 볼 수도 있다. 변방 땅에 영웅이 탄생한다는 것은 나중에 민란을 주도하다가 처형되고 마는 역적의 탄생이나 다름없었던 것이다.

호종단은 실제 인물이다. 중국 송(宋)에서 고려에 들어온 귀화인으로 풍수에 능한 지사였다고 정인지의 『고려사』에 기록되어 있다. 조정의 다른 신하들이 시기할 정도로 고려왕 예종의 총애를 받은 그는 특히 산수지기(山水地氣)를 눌러버리는 압승지술(壓勝之

術)에 능했다. 호종단 전설은 그 내용이 매우 호소력 있고, 제주 전역에 분포되어 있는 것으로 미루어, 그가 그러한 임무를 띠고 제주에 입도한 것은 사실인 것 같다. 고려조에는 신라 말 풍수설의 대가 도선(道詵)이 남긴 참언이 정치사상과 연결되어 크게 성행했는데, 참언에 왕후지지로 나타난 제주도를 고려왕 예종이 그냥 좌시했을 리는 없다. 예종이 즉위한 해는 서기 1110년인데, 그보다 오 년 전인 서기 1105년은 독립국이던 탐라가 고려에 일개 군현으로 복속되던 해다. 졸지에 국호를 빼앗긴 탐라 백성의 반발을 풍수의 힘으로 막아보려는 의도도 있었을 것이다. 이것이 이른바 '풍수 침략'인데, 일제가 조선 산천의 혈맥을 자른다고 곳곳에 쇠막대기를 꽂은 행위와 비슷하다.

국호를 잃고 고려에 복속된 이후, 크고 작은 민란을 간헐적으로 일으키며 중앙정부에 저항하던 탐라는 서기 1267년 몽고(元)에 굴복한 고려 조정에 반기를 들고 일어난 김통정의 삼별초 군사가 입도하자 거기에 합류하여 여몽 연합군과 치열한 항쟁을 벌이게 된다. 고려의 김방경과 원의 혼도가 이끄는 여몽 연합군이 전함 160척에 군사가 만 명이었다니 그 전쟁 규모를 짐작할 만하다. 싸움에서는 언제나 패배한 쪽이 훨씬 큰 희생을 치르는 법이니 삼별초 군사와 도민의 인명 피해는 실로 엄청난 것이었다. 제주의 산야는 피

소설가는 늙지 않는다

로 붉게 물들었다. 그야말로 병과(兵戈)가 바다를 덮고 인간의 간뇌(肝腦)가 들판을 뒤바른 처참한 싸움이었다고 사서에 기록되어 있다. 그때부터 여다(女多)가 시작되었고, 여인들이 부르는 민요가 슬픈 가락을 띠게 되었단다.

조선조에 들어서도 이 섬에 대한 조정의 가렴주구는 여전했다. 그러니까 제주는 이른바 조선의 내국식민지였던 셈이다. 특히 제주 삼읍에 수천 명의 관노비들이 크게 시달림을 받았는데, 세월이 흐를수록 섬 밖으로 도망가는 수가 늘어 한때 해외 유망자 수가 만 명에 달했다고 한다(『헌종실록』). 그래서 인조 7년부터 도민에 대한 출륙(出陸) 금지령이 내려져 순조 말에 이르기까지 무려 이백 년간 도민들은 바다 한가운데 갇혀 유폐 생활을 하지 않으면 안 되었다. 수평선에 갇힌 원악도(遠惡島), 제주섬은 한마디로 물 위에 떠 있는 감옥이었다. 유배객은 물론이고, 그 섬에 사는 양민들마저 수평선에 갇힌 수인(囚人) 생활을 하지 않으면 안 되었다.

『변방에 우짖는 새』에서 섬 백성의 울분이 다음과 같이 묘사되었다.

올라가는 구관이나 내려오는 신관이나 제주성의 산지 물을 사

흘만 먹으면 모두 한가지로 탐관(貪官)이 된다고 했거니와, 목사
들은 항시 국축(國畜: 한라산 밑 목장 지대에서 방목하는 말은 대개
왕실 소유였다)의 손실만 생각했지, 백성은 염두에 없었다. 가뭄
이 오래 들면, 한여름에도 초지가 마르는데, 이때를 당하여 혹시
말이 굶어 죽지 않을까 걱정해서 목장의 돌담을 허물고, 말을 목
장 아래 백성의 보리밭으로 내몰아 먹어 치우게 하였으니, 한마
디로 목사(牧使)는 목민관(牧民官)이 아니라 한갓 목마관(牧馬官)
에 지나지 않았다.

출륙금지령이 해제되어 막혔던 수평선에 물길이 트인 것은 순
조 때 발생했던 양제해(梁濟海) 역모사건 덕분이었다. 목사를 비롯
한 경래관을 내쫓고 탐라 시절로 돌아가자는 이 자치운동은 거사
직전에 발각되어 장두들이 처형되었는데, 그러나 일단 촉발된 민
심은 좀처럼 가라앉지 않았다. 이에 놀란 왕실은 출륙금지령 해제
등 몇 가지 개선책을 내놓아 도민을 무마했다. 울어야 떡 준다는 격
으로, 누군가가 장두로 나서서 백성을 규합하고, 만 개의 입이 한입
되어 진상과 군역의 폐단을 외치지 않으면 왕실은 도무지 알은체
하지 않았던 것이다. 민란 직후에는 대개 시늉일망정 무마책이 뒤
따르기 마련인데, 그러나 그것도 오륙 년이 지나면 다시 흐지부지

되어버리기 일쑤였다.

　그로부터 오십 년 후인 1861년 철종 때, 전 도민이 봉기한 민란
이 발생했으니 강제검(姜悌儉)란이 그것이다. ('민란'이란 봉건사회
에서 사용한 용어니까, '거납운동'이라고 해야 옳겠지만, 이 글에서는 다
소 생동감을 얻기 위해 '민란'이라고 하겠다.) 산방산 근처의 화전민이
주축이 되어 가혹한 세폐(稅弊)에 저항하여 일어난 이 민란은 목사
를 섬 밖으로 축출하고 영이방 김종주를 비롯한 간악한 아전 다섯
을 장살(杖殺)한 큰 사건이었는데, 여러 달에 걸친 투쟁 끝에 마침
내 왕으로부터 세폐를 혁파하겠다는 다짐을 받고 나서 강제검 이
하 세 장두는 순순히 투항하여 작두칼의 이슬로 사라졌다. 원흉인
목사를 처단 못 하고, 그 하수인만 죽이는 것이 민란의 한계였는데,
'관장은 백성의 부모다'라는 유교적 통치 원리를 감히 거역할 수 없
었던 것이다. 관장을 해쳤을 경우, 그것은 민란이 아니라 왕권에 도
전하는 반란으로 간주되기 때문이다. 그러므로 민란이란 몸 바쳐
일어난 장두를 앞세우고 일만 개의 입이 한입 되어 구중심처 왕의
어두운 귀에 들리도록 원통함을 호소하는 절규라고 말할 수 있을
것이다. 장두의 고귀한 희생정신! 도탄에 빠진 만인을 구하기 위하
여 저 한목숨 흔쾌히 던졌던 장두들의 희생이야말로 살신성인의
진정한 모습이라고 할 수 있다. 장두의 탄생을 가뭄에 비 기다리듯

기다리는 민중, 그리고 민중의 메시아로 탄생하는 장두를 생각해
본다.

　1898년의 방성칠(房星七)란도 산방산 근처 촌민들이 주동한 뒤,
전 도적으로 번져나간 민란이다. 이 민란에서도 목사는 섬 밖으로
축출당하기만 했을 뿐 해침을 당하지 않았다. 그의 하수인이었던
영이방 문주호만이 장살당했을 뿐이다. 그런데 방성칠란은 자칫
민란에서 반란으로 돌변할 뻔했다. 제주성을 점거한 뒤, 장두 방성
칠을 비롯한 주도세력 백여 명이 스스로 남학당(南學黨)이라 일컫
고 은밀히 정감록을 근거로 한 반란을 음모했던 것이다. 알다시피
정감록에는 이씨조선이 오백 년 운세가 다하여 정(鄭)씨가 해도(海
島) 군사를 이끌고 북상하여 계룡산에서 정씨조선을 세운다는 참
언이 들어 있다. 그러나 이씨조선이 아무리 말기 증상에 빠져 매우
부패하고 취약한 정권이라 할지라도 사면이 바다라 도망칠 수도
없는 섬에서 반란을 꾀한다는 것은 현실적으로 전혀 승산이 없는
일이었다. 그래서 이 반란의 음모는 즉시 민중의 반대에 부딪쳤고,
그러자 지도부는 급속도로 몰락하고 말았다.

　방성칠란 후, 조정은 흉흉한 민심을 가라앉혀보려고 무마의 손
길을 보내는 듯하더니, 삼 년도 못 되어 그보다 더 큰 세폐(稅弊)가
고개를 쳐들었다. 이번 것은 '산천초목, 조수어별(鳥獸魚鼈) 모두에

세금'이라고 할 정도로 가혹하기 이를 데 없는 세폐요, 가렴주구였다. 왕실은 관례대로 세징수권을 목사와 삼읍 군수들에게 주지 않고 특별히 봉세관을 파견했다. 그런데 봉세관 강봉헌이 세징수인으로서 천주교인들을 고용한 것이 문제의 발단이 되었다. 구한말이었던 그 당시는 천주교를 앞세운 프랑스 제국주의가 조선 왕실에 밀착하여 크게 세력을 떨치고 있었는데, 봉세관 강봉헌은 그러한 천주교의 권력을 이용한 것이다. 당시 우리나라에 들어와 선교하던 프랑스 출신 주교, 신부들은 왕실로부터 치외법권을 얻어내어 관권을 능가하는 권력을 행사하고 있었다. 그래서 신부의 권력에 의탁하여 사리사욕을 취하려는 시정잡배들이 많이 입교하였다. 죄인이라도 일단 교인이 되면 관에서 함부로 손을 대지 못했으니, 불량교인들이 교당에 문전성시를 이루었다. 이러한 폐단을 교폐(敎弊)라고 했다. 이러한 교폐는 제주도에서는 교인들이 봉세관 강봉헌의 하수인이 됨으로서 극심한 양상을 보였다. 그리하여 교폐는 세폐와 표리일체가 되어 도민의 원한의 표적이 되었고 드디어 민란이 일어났다. 세폐는 봉건왕조의 것이고, 교폐는 프랑스 제국주의의 것이었으니, 이 싸움은 자연히 반봉건·반외세의 성격을 띨수밖에 없었다.

전 도민이 일어난 이 민란은 민당측에서 수십 명, 교당 쪽에서 수백 명의 인명 피해를 내고 프랑스 함대까지 동원된 대사건이었다. 세 장두 이재수, 강우백, 오대현은 관군과 프랑스 함대의 위협 앞에서도 당당히 담판을 벌여 세폐와 교폐를 혁파하겠다는 약속을 받아낸 다음 순순히 투항하여 교수형을 받았다. 강우백, 오대현은 유림의 명망 있는 지식인이었으나, 백성의 사랑을 한 몸에 받았던 스무 살 총각 이재수는 천한 관노 출신이었고, 성문을 여는 데 큰 공을 세운 개문(開門)장두들은 대개 만성춘 등 젊은 관기, 퇴기들이었으니, 이 민란은 신분 해방, 인간 해방의 의미도 내포되어 있었다고 하겠다. 처음 평화 시위로 시작된 백성의 저항이 교당의 총격으로 인명 피해가 발생하고, 장두 오대현이 사로잡히면서 삽시에 붕괴되고 있을 때, 이재수가 무력 투쟁을 주장하면서 장두로 나서는데, 나의 소설에서 그는 관노 출신 장두를 꺼려하는 유림 지식인들 앞에서 비분강개한 목소리로 이렇게 외친다.

"소인이 비록 미천한 노예라 할지라도 옳을 의(義)자를 위해 죽지도 못합네까. 난신적자를 토멸하고 외적과 대항하는 데 어찌 반상(班常)의 구별이 있습네까. 대의를 위해 죽는 것이 노예 신분에 가당치 않다면, 노예가 상전을 위해 죽는 것도 아니됩네까. 잡혀간 오좌수 어른은 소인이 다년간 받들어 모셔온 상전이우다.

소인의 천한 목숨 바쳐 올리오니, 부디 거두시어 저 불쌍한 섬 백성을 위한 희생물로 삼아주십서!"

이 소설을 각색한 연극 〈변방의 우짖는 새〉에서 이재수의 연인 만성춘은 다음과 같이 탄식한다.

만성춘 : (전략) 아아, 이 밤이 가면 우리 님과 영영 이별이네. 민란에는 난민들은 살아도 장두는 반드시 죽는 것, 제 한 몸 안위만 위한다면 왜 죽기를 스스로 택하겠는가. 진구렁에 빠져 허덕이는 이 섬 백성들이 아니면 왜 섶을 지고 불에 들겠는가. 살신성인한 영웅이여, 성인이여. 무릇 영웅이란 저 한 몸 바쳐 만인을 살리고 그 원수를 갚는 사람의 이름일진대. 단 한 번, 단 한 번 손 잡아본 우리 님, 한라산 정기 받고 일월같이 찬란하게 떠올랐던 이재수 장두님, 이별이여, 이별이여.

이렇게 제주섬에는 고려 때부터 중앙의 가혹한 수탈 정책에 저항하여 크고 작은 민란이 빈발했다. 세폐와 탐관오리의 침학이 극에 달하여 민중이 도저히 감내할 수 없을 때 불가피하게 발생하는 것이 민란이다. 제주도의 지질학적 화산 폭발은 고려 목종 때 끝났지만, 그 직후 국호를 잃고 고려에 복속된 이후로 제주민의 억눌린 민중 생활의 활화산은 오랜 세월에 걸쳐 간헐적으로 폭발하면서 최근까지 이어져왔다. 따라서 제주의 척박한 산천이 배출한 비범한 인물은 민란의 장두들로 예외 없이 참형을 받아 죽고 마는 비극적인 영웅들인 것이다. 날개 잘려 죽은 전설 속의 아기장수들은 바로 이 비극적 민란의 장두들을 상징한다고 보아야 할 것이다. 앞에서 언급했듯이 강제검란, 방성칠란, 이재수란은 그 진원지가 모두 평지돌출의 당돌하게 솟은 대정의 산방산과 그 근처다. 호종단이 산정에 왕후지지의 명당을 찾아내어 지혈(地血)을 끊었다는 곳이 이 산방산이고 보면 이 세 민란의 장두들이 "산방산의 강한 정기를 타고 태어났다"라는 이 고장 사람들의 믿음을 허무맹랑하다고만 말할 수는 없을 것이다.

산방산 아래쪽에 위치한 넓은 들판, 알뜨르에 4·3사건의 깊은 상흔을 보여주는 장소가 둘 있는데, 섯알오름 학살터와 백조일손(百祖一孫) 묘역이 그것이다. 섯알오름 아래 노천에 집단 학살당한 양민 210명의 유해가 수습 안 된 채 버려져 있었다. 유족이 시신을 수습할 수 없도록 출입 금지한 것이 무려 칠 년, 그동안 시신들은 뼈만 남았고, 뼈들이 서로 섞여 어느 것이 누구 뼈인지 알 수 없었다. 내 뼈다, 네 뼈다, 부질없이 다투던 유족들은 결국, "저 조상들은 내 것 네 것 구별할 수 없으니, 우리 모두 하나의 자손이 되어 섬기자(백조일손)" 하고 의견 일치를 본 다음, 뼈들을 일 인분씩 얼추 맞추어 62구는 만벵디공동장지에, 나머지 132구는 백조일손 묘역에 안장했다. 4·3사건 당시 이와 같은 민중 파괴의 만행은 제주 곳곳에서 벌어졌으니 그 인명 피해가 3만에 달했다.

석다(石多)와 풍다(風多)의 풍토는 이 섬을 척박하게 만들었다. 돌이 많아 땅이 척박하고 바람이 많아 풍수해, 그리고 잦은 가뭄, 그래서 비슷하게 가난했던 평등의 공동체였다. 이 섬 공동체를 침노하는 외세에 도민은 일치단결하여 항거해왔다. 도민에게 외세라면 몽고·프랑스 일본 같은 이민족의 침입만을 지칭하는 게 아니라, 중앙정부에서 총독처럼 파견되는 목사를 비롯한 탐관오리들과 이에 빌붙어 농간부리는 육지 장사꾼들을 뜻하기도 했다. 민란은 왕실과 관권의 가렴주구가 도저히 감내할 수 없을 정도로 혹독할 때 발생한다. 그러므로 1948년의 4·3사건을 이데올로기적 도전으로만 판단하는 것은 옳지 못하다. 전통적 민란과 마찬가지로 그것은 가혹한 탄압에 의한 강요된 저항, 생존권 투쟁이었다. 유엔감시원단이 유엔에 보고했듯이, 4·3은 미군정의 그릇된 통치에서 비롯된 것이었다. 당시 검찰총장이었던 이인 씨를 비롯한 양심적인 우익인사들도 잘 곪은 종기가 터져 나온 것이 4·3이라고, 궁지에 몰린 쥐가 고양이에 덤벼든 격이라고 말했다.

아, 백조일손(百祖一孫), 얼마나 좋은 말인가. 이 말의 뜻을 더 넓게 해석하여, 3만의 4·3 영령들, 그 슬픈 조상들을 우리 모두 서로 다투지 말고 하나의 자손이 되어 애도하고 섬겨야 옳지 않은가.

소설가는 늙지 않는다

초원의 빛

  〈초원의 빛〉은 내가 대학생 때 본 영화인데, 스토리는 전혀 기억 못 하겠고, 오직 생각나는 것은 여고생으로 분한 나탈리 우드가 수업 도중에 교실을 뛰쳐나가는 장면뿐이다. 워즈워스의 시 낭송을 듣던 중에 그녀가 그런 충동적인 행동을 한 것은 아마도 자신에게 처음 찾아온 격정적인 사랑의 감정 때문이었던 것 같다.

  그 시에서 워즈워스는 자연 속에서 순진무구하게 성장하던 어린 시절을 회상하면서, 그 시절의 자연이 베풀어주었던 빛과 영광이 어른이 된 지금 닳고 닳은 일상 속으로 스러져버렸음을 한탄하고, 그렇지만 슬퍼하지만 말고 그나마 남아 있는 것에서 힘을 찾자고 한다.

영화의 제목 〈초원의 빛〉을 빌려온 그 시 「어린 시절을 회상하며 영생 불멸을 깨닫는 노래」의 일부를 소개하면 이러하다.

한때 빛났던 광채가 이제 영원히 내 시야에서 사라진들 어떠리
초원의 빛, 꽃의 영광의 시절을 다시는 되찾지 못할지라도
우리는 슬퍼하지 않고, 오히려 남아 있는 것에서 힘을 찾으리

나는 이 시를 대학의 영시 강의 시간 때 배워서 이미 알고 있었고, 그 영화를 본 것도 비슷한 시기였지만, 그것이 새로운 울림으로 다가온 것은 퍽 최근의 일이다. 특히 '초원의 빛'이라는 말은 도시 생활자로 늙어가는 나에게 어느새 삶의 모토처럼 되어버렸다.

나는 어린 시절의 그 빛을 만나기 위해서 자주 고향을 찾는다. 그 빛은 물론 해변 근처에서도 볼 수 있지만, 그것이 장관을 이루고 있는 곳은 한라산 기슭 아래 올망졸망 오름들을 거느린 드넓은 초원지대다. 거기에서 봄여름이면 초록빛이, 늦가을에는 누런 금빛이 무제한의 큰 붓질로 질펀하게 채색되어진다. 아이 시절, 봄 여름철에는 동네 아이들 두셋과 함께 땔감 하러 가서 삘기, 보리똥 열매, 삼동 열매를 따 먹었고, 늦가을엔 말 먹일 건초를 장만하기 위해 외할아버지와 함께 갔던 곳이다. 그게 마치 전생의 일처럼 아득

하다.

메마른 도시생활은 늙어가는 나의 심신을 더욱 고달프게 하고, 전에 없이 자주 내 몸속 죽음의 존재를 의식하도록 만든다. 고층 건물들 사이의 협곡에서 일어나는 왜곡된 바람이 이제는 못 견디도록 을씨년스러워졌다. 도시생활자에겐 푸른 하늘의 흰 구름도, 밤하늘의 별빛도 보이지 않는다. 그래서 나는 틈만 나면 고향의 그 초원을 찾아가 우울한 내면을 까뒤집어 야생의 바람과 맑은 햇빛에 쏘이기를 좋아한다. 나의 몸속에 갇혀 시들어가는 야성을 잠깐만이라도 밖으로 내보내 풀을 뜯기 위해 나는 그 초원에 가는 것이다.

사람들이 많이 다니는 올렛길은 대개 바닷가를 끼고 있어서 초원을 보여주지 않는다. 물론 오름 관광이 따로 있긴 하지만, 거기서 보는 것은 자연의 외양일 뿐 속살은 아니다. 본래의 것, 야생을 찾으려는 나에게 그것은 관광객의 눈요깃감일 뿐으로, 접대부의 미소처럼 값싸게 느껴진다. 그래서 나는 벗 두어 명과 함께, 때로는 혼자서 한라산 횡단 버스를 타고 곧장 초원으로 간다.

어느 늦가을 오후, 나는 그 드넓은 초원을 가로질러 걸어간다. 사방에 맑은 햇빛이 충만하다. 햇빛 속을 걸어간다. 바람 속을 걸어간다. 머리칼이 미풍에 살랑거리면서 끊임없이 귓바퀴를 간지럽힌다. 천년 그대로 상쾌한 야생의 바람이다. 도시의 왜곡된 바람이 아니다. 초원은 질펀한 적막 속에 누워 있다. 스적스적, 거친 풀잎들이 바짓가랑이에 스치는 소리. 늦가을의 초원은 바야흐로 누렇게 물들어가고 있는 중이다. 소와 사람이 다니면서 만들어놓은 오솔길을 따라 오름 하나를 타고 오른다. 가파른 경사면을 허위허위 더위잡고 올라간다. 자줏빛 꽃향유 군락이 있고, 구절초·참취의 흰 꽃, 산국의 노란 꽃들도 보인다.

나는 올라가다가 물매화 군락을 발견하고 그 앞에 멈춰선다. 누런빛으로 물든 풀밭에 수많은 물매화 흰 꽃들이 별무리처럼 점점이 찍혀 있다. 시인 정지용은 한라산 등산길에서 뻐꾹채꽃 군락을 보고, '흩어진 성신(星辰)처럼 난만(爛漫)하다'라고 했다. 물매화는 제일 늦게까지 피는 한 해의 마지막 꽃이다. 나는 꽃 한 송이 앞으로 다가간다. 작은 흰 꽃송이가 미풍에 가만히 흔들거리고 있다. 꽃과 바람의 부드러운 결합, 부드러움과 아름다움의 극치를 보는 것 같다. 부지중 내 입에서 낮은 탄성이 새어나온다. 아, 아름답구나! 털썩, 그 앞에 무릎을 꿇고 가깝게 들여다본다. 애틋함과 간절함의 감각을 일깨우려고 안간힘 쓰면서 나는 얼굴을 낮추어 꽃에 눈 맞춘다. 꽃도 나를 바라보는 것 같다. 내 코에 달콤한 향기를 전해주면서 조용히 말을 거는 것 같다. 너는 누구냐? 라고.

나는 계속 오름을 오르다가, 상록의 푸른 호랑가시나무 한 그루를 만난다. 사납게 가시 달린 푸른 잎들에 작은 붉은 열매들이 다닥 다닥 맺혀 있다. 한해살이 엉겅퀴꽃들은 벌써 이울어가는데, 호랑가시나무의 시퍼런 가시 잎들은 햇빛에 번쩍거리면서 기세등등하다. 한때 크리스마스카드에 장식용 그림으로 애용되던 식물이다. 프랑스의 문학가 바슐라르는 "호랑가시나무는 대지의 분노다"라고 말했다. 나는 물매화의 작은 꽃에서 섬세한 부드러움을, 호랑가시나무의 시퍼런 가시 잎에서 야생의 분노를 배운다.

새, 억새의 풀숲 속에 뒤섞여 꽝꽝나무 맹감나무 늙은 찔레덤불 따위 관목들이 자라고 있는 거친 기슭을 벗어나자 누런 잔디가 깔린 등성이가 나타난다. 여체의 둔부처럼 펑퍼짐하게 관능적으로 생겼다. 등성이를 타고 정상으로 올라간다. 높이 올라갈수록 하늘과 땅이 점점 넓어지고, 바다의 수평선도 점점 멀리 확대되다가, 마침내 분화구가 있는 정상에서 사방이 탁 트인 광활한 공간이 눈앞에 펼쳐진다. 흰 구름이 낮게 흘러가고, 산까마귀 몇 마리 날고 있다. 내가 지금까지 본 가장 넓은 공간, 객지에 살면서 늘 그리워하는 풍경이다. 궁륭형의 거대한 하늘이 두 팔 벌려 넓은 대지와 바다를 둥그렇게 안고 있는 형상이다. 나도 그 품에 안긴다. 마치 우주 중심에 놓여 있는 느낌이다. 조그만 분화구는 삼태기 모양으로 남쪽으로 터졌는데, 거기에 잇대어 또 하나의 오름이 솟아 있다. 그 오름 위에 울긋불긋한 옷차림의 관광객 세 명이 능선 따라 느리게 걷고 있고, 그 아래 펼쳐진 초원에 한 무리의 소들이 더러 남아 있는 푸른 풀을 찾아 뜯고 있다. 높은 곳이라 바람이 거침없이 불어온다. 꽃 색깔의 농도도 저지대보다 짙다. 센 바람을 피해 꽃향유 구절초 쑥부쟁이 용담꽃의 꽃송이들이 땅바닥에 판 박힌 듯 납작 엎드렸다. 꽃줄기가 길면 찬바람에 시들고 부러지기가 쉬우니까, 고지대일수록 꽃 키가 작아진다. 그래서 정지용은 시 「백록담」에서 이렇게 노래했다.

절정에 가까울수록 뻐꾹채 꽃키가 점점 소모(消耗)된다. 한마루 오르면 허리가 스러지고

다시 한마루 위에서

모가지가 없고 나중에는 얼굴만 갸웃 내다본다.

화문(花紋)처럼 판(版) 박힌다. 바람이 차기가 함경도 끝과 맞서는 데서 뻐꾹채 키는 아주 없어지고도 팔월 한철엔 흩어진 성신(星辰)처럼 난만(爛漫)하다.

산그림자 어둑어둑하면 그렇지 않아도 뻐꾹채 꽃밭에는 별들이 켜 든다. 제자리에서 별이 옮긴다. 나는 여기서 기진했다.

— 정지용, 「백록담」에서

소설가는 늙지 않는다

나는 오름을 내려온다. 따뜻한 햇볕이 내리쬐는 풀숲에는 온갖 풀씨들이 딱딱하게 여물어가고, 풀벌레 소리들이 아지랑이처럼 자욱하게 떠 있다. 두 귀를 가득 채우는 시끄러운 풀벌레 소리와 물컥물컥 풍겨오는 독한 풀 냄새에 취해 나는 정신이 멍해진다. 풀숲에선 번식 행위 축제가 한창 벌어지고 있는 것이다. 벌써 번식을 끝내고 죽은 메뚜기, 풀무치, 여치 들이 풀밭 위 여기저기에 보인다. 지팡이로 거친 풀숲을 헤치고 나아갈 때마다 풀벌레들은 일시에 합창을 멈추어 낯선 정적을 만들어내곤 한다. 어린 시절의 입맛을 떠올리면서, 보리똥, 맹감 열매들을 찾아본다. 마른 소똥을 집어 들어 그 냄새도 맡아본다. 알싸한 냄새, 건초 냄새와 흡사하다. 마른 소똥을 태워 말똥버섯을 구워 먹던 일이 생각난다.

오름의 북쪽 기슭으로 내려온 나는 거친 풀숲 가운데서 잔디 좋은 무덤 하나를 발견한다. 펑퍼짐한 그 무덤은 오름의 아담한 미니어처럼 보이는데, 초록색 개자리풀이 떼 지어 자란 부분을 제외하고는 무덤 전체가 붉은색이 섞인 누런색으로 곱게 물들어 있다. 나는 무덤을 둘러싼 검붉은 화산석 산담을 넘어 안으로 들어간다. 달콤한 피로감과 함께 풀냄새에 정신이 몽롱해져 무덤가 잔디 위에 몸을 눕힌다.

아이 때나 지금이나, 나는 초원에 오면 무덤가에서 쉬기를 좋아한다. 아이 시절엔 무덤의 잔디 위에서 씨름도 하고 뒹굴면서 놀았는데, 지금의 나는 몸속의 죽음을 다스리기 위해서 그 잔디 위에 몸을 눕혀본다. 나는 그 작은 공간의 잔디 위에 깔려 있는 평온한 침묵이 좋다. 나는 이미 흙으로 돌아가 있을 무덤의 주인을 생각한다. 평온한 침묵 속에 낮에는 햇빛이, 밤에는 별빛이 그 무덤을 지킬 것이다. 그래서 무덤가에서 죽음은 오히려 그 푹신한 잔디처럼 부드럽고 상냥한 느낌으로 다가온다. 그 느낌이 좋다. 독일 민요에도 세상에서 가장 놀기 좋은 곳은 무덤가라고 했다.

해발 칠백 미터쯤 되는 고지대라 구름이 손에 잡힐 듯 낮게 떠 있다. 낮게 뜬 구름들이 초원에 커다란 그림자를 던지면서, 서쪽으로 천천히 흐르고 있다. 광활한 푸른 하늘, 거기에 유빙처럼 서늘하게 떠 있는 여러 형상의 흰 구름들! 얼마 만에 보는 풍경인가! 어린 시절의 삽화, 동무들과 나란히 잔디 위에 누워, 잔디 씨를 씹으며 부르던 노래, 강소천의 동시.

구름이 구름이 하늘에다
그림을 그림을 그립니다.

소설가는 늙지 않는다

노루도 그려놓고

토끼도 그려놓고.

동생하고 나란히 풀밭에 앉아

펴오르는 구름을 바라봅니다.

— 강소천, 「구름」에서

　그렇게 흥얼거리는 동안, 누운 내 몸 위로 한 덩어리의 푹신한
흰 구름이 낮게 내려온다. 포근하게. 흰 구름이 레그혼 암탉이 알을
품듯이 나를 품는다. 소 한 마리가 풀을 뜯으면서 무덤 뒤 쪽에 나
타난다. 뻑뻑 풀 뜯는 소리와 함께 소의 짙은 체취가 풍겨온다.

　앞쪽의 완만한 구릉이 꽃향유의 자줏빛으로 곱게 물들었고, 그
너머로 금빛으로 물들기 시작한 넓은 초원이 질펀하게 펼쳐져 있
다. 그리고 왼편의 낮은 땅에는 조그만 잡목 숲이 황갈색으로 변해
있고, 오른편 저 건너에는 억새밭, 빗겨 비치는 햇빛 속에서 억새꽃
들이 눈부시게 희다. 그런데 언제 바람이 잦아들었는지, 풍경 속엔
흔들리는 것이 없다. 노란 햇빛 속에서 주위 풍경은 깊숙하고 아늑
해 보인다. 조용하다. 정적. 소는 풀숲에 가려 보이지 않는데, 풀 뜯
는 소리만이 들려온다. 정적에서 들려오는 뻑뻑, 풀 뜯는 소리가 야

릇하게 소심증을 일으킨다. 모든 움직임, 모든 시간이 정지한 것 같다. 나의 몸 주위로 풀벌레 소리가 가득 밀려와 있지만, 그 소리 역시 오히려 정적을 더 강조할 뿐이다. 정적 속에 풀벌레들이 사방에서 너는 누구냐고 날카롭게 질문하는 것 같다. 불안한 정적. 나 혼자로구나, 하는 생각. 외롭다는 생각. 내가 그 도시를 등지고 온 것이 아니라, 그 도시가 나를 저버린 것처럼 외롭다. 그곳의 내 가족, 친지, 벗 들이 모두가 나를 잊어버린 것 같다. 아무도 나를 기억하지 못할 것 같다. 그 도시의 어느 구석, 어느 아파트, 거실의 소파에 앉아 있는 내가 보인다. 그가 나에게 어서 돌아오라고 손짓한다. 도시의 시간이 어서 돌아오라고 나를 호출한다. 시간의 노예인 나를, 도망친 노예인 나를 시간이 호출한다. 그 불안을 무마하기 위해서 나는 배낭에서 소주병을 꺼낸다. 닭 모가지 비틀듯이 결연하게 소주병 마개를 비틀어 따고 몇 마디 애도의 말을 중얼거리면서 술을 무덤 위에 뿌린다. 그러고는 나머지 절반을 병 주둥이에 입을 대고 단숨에 비운다. 술이 들어가자 금세 불안감이 사라진다.

드디어 풀숲에 잠들어 있던 바람이 풀숲을 흔들며 깨어난다. 누런 풀밭이 바람에 휩쓸리면서 무르익은 풀냄새를 주위에 뿌린다. 주위의 풀숲이 휘적거리고, 저 건너 억새밭의 흰 꽃무리가 춤추기 시작한다. 억새꽃 하얀 군무는 가슴이 저리도록 처연하게 아름답다. 한두 번 본 것도 아닌데, 그 군무를 볼 때마다 내 가슴에선 뜨거운 희열이 솟구친다. 억새꽃 군무와 연관해서 생각나는 것은 워즈워스의 또 다른 시 「수선화」다.

하늘에 흘러가는 작은 구름처럼 외롭게 산과 골짜기를 헤매 다니던 시인은 홀연히 어느 호숫가에서 금빛 수선화 무리가 미풍에 한들거리면서 춤추는 광경을 본다. 은하수의 무수한 별들처럼, 호숫가를 따라 끝없이 열 지어 있는 수선화 무리가 머리를 까딱거리면서 벌이는 그 환희의 군무를 보면서 시인은 큰 감동을 받는다. 그 감동은 도시로 돌아간 다음에도 오래 그의 가슴에 남았으니, 워즈워스 「수선화」의 끝은 다음과 같이 마무리된다.

이따금, 장의자에 누워

멍하니 방심 상태에 놓여 있을 때나

혹은 무슨 생각에 잠겨 있을 때면

고독의 축복인 심안(心眼)에

그 수선화들이 홀연 반짝하고 떠오른다.

그때 내 마음은 기쁨에 넘쳐

그 수선화들과 함께 춤을 춘다.

나는 이 시에서 수선화를 억새꽃으로 바꾸어 읊조리면서 억새꽃 무리의 하얀 군무를 꿈꾼다. 내 마음속의 억새꽃 군무는 워즈워스 덕분에 더욱 아름다워졌다. 나 역시 도시 생활 속에서 몹시 피곤하여 멍한 방심 상태에 빠질 때면, 가끔씩 그 환희의 군무가 떠오르곤 한다.

　하얀 억새꽃의 군무도 아름답지만, 그만큼 넓은 터전을 차지하고 있는 자주색 꽃향유의 군락도 아름답다. 저 건너 넓은 들판에 초록을 덮으며 번져가는 금빛 물결은 더더욱 아름답다. 그 아름다움이 이 순간 나를 꼼짝 못하게 묶어놓는다. 이 순간을 오래 기다려온 느낌이다. 내 가슴에 희열이 솟아올라 파동친다. 나는 눈물을 글썽이며 중얼거린다. 고맙구나, 고맙구나! 늦가을, 초원의 풀들이 생명을 마감하면서 마지막 정열로 뿜어내는 절정의 환희! 무덤을 둘러싼 풀숲의 풀벌레들도 마지막 정열로 환희의 노래를 부르고 있다! 짝을 부르면서 짝짓기가 한창이다. 여치, 베짱이, 메뚜기, 풀무치, 귀뚜라미 등등. 나는 메모지를 꺼내서 풀벌레 소리들을 묘사해본다. 찌르르 찌르르, 또르르 또르르, 찌찌찌, 쌕쌕쌕, 쓰륵 쓰륵, 씨익 씨익…… 짝짓기의 환희! 풀무치가 땅속에 연한 꽁무니를 박고 알을 낳는 장면이 떠오른다. 그 물렁한 꽁무니로 지표 삼 센티미터 이상 판다. (나도 그처럼 나의 남근을 대지에 박고 정액을 뿜어내고 나서 죽고 싶다!) 이제 곧 짝짓기의 축제가 마감될 것이다. 축제가 끝나면 수컷들은 먼저 죽고, 암컷들은 알을 낳을 때까지 잠깐만 살아 있을 테지. 한해살이 곤충들이다. 계속 불어오는 하늬바람 속에서 저 쾌락의 소리들은 점점 쇠약해질 테고, 드디어는 풀도, 풀벌레들도 아주 시들어버리고 말 것이다. 풀밭에 널려 비슬비슬 죽어가는 풀벌레들을 향해 까마귀들이 날아들 것이다.

　나는 앉은자리 바로 옆에서 개자리풀 위에 얹혀 있는 여치 한 마리를 발견한다. 손으로 건드려도 날아가지 않는다. 날개를 펼 힘도 없나보다. 무릎 꿇고 엎드려서 가까이 들여다본다. 실낱같이 가는 다리들이 바르르 떨고 있는 걸 봐서 죽음이 임박한 모양이다. 나는 무릎 꿇고 엎드린 채 계속 여치의 임종을 지켜본다. 초록색 여치는 풀과 동색이다. 초록 속에서 초록을 먹고 초록 똥 싸며 살아온 여치는 몸빛도 초록이어서 곤충이라기보다는 곤충과 풀의 경계선 상에 놓인 어떤 다른 존재처럼 보인다. 풀과 여치는 같은 운명이다. 늦가을, 죽어가고 있는 저 여치의 뒤를 이어 개자리풀 떼도 곧 시들어버릴 것이다. 그러면 나는? 이 초원을 떠나 다시 도시로 간 나는? 개자리도 여치도 인간인 나도 유전자 수가 비슷한 한갓 미물일 뿐인데…… 나는 무덤을 바라보면서 그 속에 묻힌 사람을 생각한다.

아니, 나는 그 무덤 속에 묻힌 나 자신을 상상해본다. 묻힌 지 여러 해 지난 시신은 육탈되어 오롯이 뼈들만 남아 있을 것이다. 육탈된 살은, 영혼은 어디로 갔을까? 몸과 영혼은 용해되어 흙 속에 스며들고 흙 속에 스며든 몸과 영혼을 초목의 뿌리가 빨아들인다. 그러므로 이 무덤가의 잔디와 개자리 그리고 저 여치에게도 인간의 몸과 영혼이 깃들어 있다고 말할 수 있지 않을까? 나는 경건한 마음으로 여치의 임종을 지킨다. 여치는 여전히 가는 다리들을 바르르 떨고 있다. 소들이 풀 뜯는 소리가 들려온다. 뿍, 뿍, 뿍, 뿍. 나는 무릎을 꿇은 채, 얼굴을 개자리풀 위로 바싹 가져간다. 풀잎도 여치도 크게 확대된다. 풀 뜯는 소의 눈에도 그렇게 확대되어 보일 것이다. 소와 나는 또 얼마나 다른가? 나는 소처럼 입을 바닥에 대고 개자리풀을 뜯어 씹어본다. 소와 여치가 평생 먹었던 그 초록. 씁쓸하고 비릿한 맛, 눈물이 핑 돈다.

드디어 여치가 개자리풀 위에서 옆으로, 가볍게, 기울어진다. 가는 다리들에 최후의 경련이 일어난다. 정적. 온 세계가 숨을 죽여 그 죽음을 지켜본다. 최후의 경련을 끝으로 여치는 깊은 적막 속으로 들어간다. 슬프지 않은 죽음, 완벽한 죽음이다.

오래된 것이 새로운 것이다

승자 독식이야말로 한국 사회의 작동 원리인데, 그 이데올로기에 일상적으로 혹독하게 시달리는 우리는 예능 엔터테인먼트를 보거나 인터넷에 정신 팔린 채, 얼마 안 되는 여가 시간을 허비해버리는 경우가 많다. 이런 세상에서 작가는 독자를 설득하지 못한다. 문학이 읽히지 않는 것이다. SNS에 범람하는 언어의 홍수를 보면, 이제 남을 위한 말은 사라졌다는 것이 실감된다. 이성적 설득의 말 대신에 막무가내식 공격의 말이 중구난방으로 난무하고 있다. 모두들 남의 말에는 귀 닫고 자기 말만 한다. 저마다 지껄인다. 이 중구난방의 척박한 상황이 문학이 서 있는 자리다. 이 적대적 환경 속에서 어떻게 문학은 살아남을 수 있을까?

생각건대 문학이 찬밥 신세가 된 지는 이미 오래다. 그런 신세가 된 것에는 위에서 언급한 사회 환경의 변화 탓도 있지만, 문학의 무력한 대응이 더 문제일 것이다. 책을 많이 읽고 진지한 문학을 사랑하던 지난 1980년대와 같은 시절은 영영 가버렸는가? 취향이 문학작품 읽기였던 사람들 중 상당 부분이 영화 쪽으로 넘어갔다. 문학에서 소재와 영감을 구하던 영화가 도리어 문학을 내려다보는 역전 현상이 벌어져 있다. 1980년대의 큰 화두였던 거시서사가 사라져버린 지금의 문학은 모기 다리에 털이 몇 개인가를 따지는 식의 미시서사로 한없이 좁아들어 독자로부터 외면당하고, 읽히는 것이라곤 문학을 가장한, 참을 수 없이 가벼운 상업주의 문건들이다. 소비향락적인 대중문화와 몸을 섞은 문학, 예컨대 일본 작가 무라카미 하루키의 문학이 그러한데, 그것의 한국판 아류들이 지금 문학의 이름으로 유통되고 있는 것이다. 일본 문학계에서 무라카미 하루키를 비평하기를, 그의 소설에는 일본 대신 '미국'이 들어와 있다고, 따라서 그의 소설은 일본어 문학이라고 할 수는 있을지언정 일본문학이라고 말할 수는 없다고 했다. 여기서 '미국'이란 물론 미국식 사고방식, 향락적 상품소비문화를 의미한다. 미국이 문화적으로도 세계를 제패하고 있으므로, 하루키는 자신의 문학이 세계 보편성을 지향하고 있다고 변명할지 모른다. 그러나 그 세계 보편성이란 미국식 소비상품문화일 뿐이 아니겠는가.

인간이란 밖으로는 세계 보편성을 지향하지만, 안으로는 자신이 소속한 공동체에 깊이 천착하는 존재다. 세계의 보편성도 중요하지만, 그에 못지않게 자신이 뿌리내린 공동체의 남다른 경험과 문화도 소중하다. 문학도 마찬가지다. 한국문학이 세계문학에 인정받으려면 반드시 차이와 개성에 의한 것이지 않으면 안 되는 것이다. 제발, 이제는 공동체의 경험에 대한 관심을 시대착오, 혹은 야만이라고 매도하는 따위의 언어도단은 버리자. 세계문학은 개별 민족공동체의 특성이 반영된 다양한 문학들의 리스트여야 한다. 세계에다 우리 것을 추가해야지, 세계를 너무 흉내 내서는 안 되겠다는 말이다. 한국의 영화감독들이 외국에 나가면 늘 듣는 소리가, "왜 외국 영화를 흉내 내느냐. 당신네 것을 만들라"라는 충고라고 한다.

이제는 우리 문학이 달라져야겠다. 일상을 절대시하는 편견을 버리자. 일상의 작은 이야기와 함께 진짜 이야기, 큰 이야기, 강한 이야기도 이제는 복권되어야 하겠다. 거시서사는 이미 영화 쪽으로 가버렸다고 탄식하지 말자. 영화의 서사는 대체로 단순하여 진실을 제대로 품기 어렵다. 인생사는 영화가 제시하는 것처럼 그렇게 단순한 것이 아니지 않는가. 오직 문학만이 진짜 이야기를 할 수 있다. 문학만이 진실을 담을 수 있는 그릇이다. 물질적 가치 대신에 정신적 가치를 옹호하는 일은 오직 문학만이 할 수 있다.

엔터테인먼트와 승자독식의 질주 속에서 과거의 것들이 배후로 급히 미끄러지면서 잊히고 있다. 시시각각 우리 뒤로 버려지는 수많은 아름다움과 의미들을 생각해보자. 슬픔도 이제는 과거의 정서가 되어버린 것 같다. 슬픔이 낯설어졌다. 승자독식의 아사리판에서 눈물은 단지 패배를 뜻할 뿐이다. 슬픔을 아는 자가 진짜 인간일 텐데, 우리는 더 이상 슬픔을 모른다.

가족과 함께 산골의 한 민박집으로 피서를 갔던 한 도시 소녀가 밤하늘에 가득한 별들을 보고 울었다. 그녀는 나중에 이렇게 말했다. "별들을 보고 왠지 눈물이 났어요. 그냥 눈물이 났어요. 그냥 짠했어요." 가슴 뭉클한 그 감정이 낯설고 무섭기도 해서, 얼른 집 안으로 도망쳤노라고 했다. 그녀는 자기가 왜 울었는지, 그 슬픔이 무엇인지 까닭을 모른다. 그 슬픔의 정체를 문학이 소녀에게 해명해주어야 한다. 아마도 밤하늘의 무수한 별빛들이 그 소녀의 존재의 근원에 깊숙이 가 닿았던 모양이다. 그것은 존재의 슬픔이라고, 대자연 속의 극히 작은 한 분자로서의 자신을 깨닫는 순간이라고, 자신의 순수한 영혼이 드러나는 순간이라고, 진실의 순간이라고 문학은 그 소녀를 다독거려 안심시킬 수 있어야 한다. 슬픔을 아는 인간, 눈물을 흘릴 줄 아는 인간이 참된 인간이다. 문학은 그 순수한 슬픔을 일깨워줌으로써 인간 본연의 모습을 드러내주어야 한다.

그리고 이 땅에는 사회적으로 해명되지 않는 큰 슬픔들이 수없이 많다. 이 공동체의 과거 영역에는 해명되지 않은 채 버려진 슬픔, 원한, 공포들로 가득하다. 예컨대 한국전쟁 전후, 국가폭력에 의해 학살당한 민간인 30만의 슬픔과 원한이 있다. 민중을 보호해야 할 국가가 도리어 민중을 파괴한 그 사건들은 아직도 해명이 안 된 채, 그 원한들은 해원이 안 된 채 버려져 있다. 문학 속에 제대로 수용되지 못한 과거는 존재하지 않았던 거나 마찬가지라고 나는 생각한다.

은폐된 또 하나의 예를 들면, 박정희 시대의 공포가 있다. 그 공포를 본격적으로 다룬 문학이 없다는 것 역시 한국문학의 수치다. 그 시대에 시민의 삶 속으로 유독가스처럼 스며들었던 공포를 왜 문학은 외면하고 있는가. 새로운 것이 아닌, 구닥다리 과거 이야기여서 그런가? 아니, 그렇지 않다. 과거 속에 진짜 이야기, 큰 이야기, 강한 이야기가 있다. 루마니아 작가 헤르타 밀러는 지난 시대의 독재자 차우세스쿠가 지배하던 암흑사회를 형상화해내어 몇 년 전 노벨문학상 수상자가 되었음을 상기하자. 문제는 형식의 새로움과 아름다움이다. 소재가 먼 과거의 이야기일수록 형식의 새로움과 아름다움은 필수적이다. 또 하나의 예, 남북전쟁 직전 흑인 노예의 비참한 삶을 비상한 열정으로 그려냄으로써 몇 해 전 노벨문학상 수상자가 된 미국 작가 토니 모리슨의 경우도 생각해보자. 그녀는 장편 『빌러비드』에서 매직리얼리즘과 의식의 흐름의 수법을 통하여 백여 년 전의 일을 지금 당장에 벌어지고 있는 것처럼 생생하게 창조해내고 있다. 오래된 것이 오히려 새로운 것임을 그 소설은 입증하고 있다.

아름다운 것들은 부서지기 쉽다. 맹목의 질주 뒤로 아름다운 것들이 수없이 부서져 버려지고 있다. 과거 속에 버려진 아름다운 것들을 복원해내야 한다. 부당하게 폐기된 아름다움과 의미들을 해명해내는 일을 문학이 감당해야 한다. 그것이 바로 인간 본연의 모습을 되살려 천박한 현재를 순화시키는 길일 것이다.

박영근의 슬픔

엔터테인먼트가 최상의 가치가 되어버린 세상이다. 우리의 일상을 지배하는 티브이 인터넷 등 거의 모든 화면이 예능과 엔터테인먼트로 도배되다시피 하고 있다. 그래서 우리는 모두 구경꾼이 되어버린다. 아이들처럼 구경을 좋아하는 것이다. 즐거운 것만 좋아하는 저능아처럼, 우리는 대책 없는 구경꾼이다. 우리가 구경하는 엔터테인먼트 속에 명령이 있고, 명령자가 숨어 있음에도 우리는 그것을 모른다. 노래와 춤, 개그가 폭주하는 가운데 진실과 진정성의 언어가 크게 위축되어 있는 것이 지금의 상황이다. 문학을 포함해서 진지한 책읽기는 즐거운 엔터테인먼트가 못 되므로 간단히 외면당한다. 이것이 바로 1990년대 이후 한국 사회의 모습이다.

이렇게 문학이, 시가 찬밥 신세가 되었으니, 시가 가르쳤던 고상함과 진정성의 가치를 어디서 구할 것인가. 예컨대 우리는 즐거움만 좋아하다보니 진정한 슬픔을 잊어버렸다. 진정한 슬픔을 오히려 싫어하고 두려워한다. 티브이의 홈드라마가 제공하는 가짜 슬픔에나 눈물을 찔끔거릴 뿐이다. 그런 눈물에는 영혼도 없고 소금기도 없고 아무 뜻도 없다. 슬픔이 없어졌다. 슬픔을 아는 자가 진짜 인간일 텐데, 우리는 더 이상 슬픔을 모른다. 초상집에도 슬픔은 없다. 시인들에게조차도 슬픔은 없다. 이러한 세태를 한탄하여 한 시인이 울었다. 아무도 울지 않는 눈물 없는 세상을 위해서 그가 대신 울었다. 이 부박한 세상을 한탄하여 그가 울었다.

　시인 박영근은 모주꾼이었다. 쾌활한 술꾼이었던 그는 마흔 살부터 술에 취하면 우는 버릇이 생겼다. 1990년대 이후 급격하게 변화한 사회현상이 그에게 안겨준 절망은 막심한 것이었다. 엔터테인먼트의 웃음소리가 낭자한 가운데 혁명은 타락했고, 민중도 타락했고, 세상은 승자독식의 투기장으로 변해버렸고, 압제의 암흑 속에 빛나는 횃불을 들었던 시인들은 그 부박한 세상으로부터 모욕을 당했고, 많은 시인들이 그 부박함에 영합하여 영혼 없는 시, 하루 동안도 살기 어려운 하루살이 시를 쓰고 있었다. 그러한 절망 속에서도 때때로 그는 "나에게 민중, 혹은 문학은 여전히 하나의 가능성이며, 가야 할 미래로서의 새로움"이라고 말하면서 자신을 추슬러 세우려고 노력하곤 했다.

그러나 그의 절망은 깊었다. 다른 모든 것들이 타락해도 문학만은 진실을 담을 수 있는 유일한 그릇으로 남아 있을 것이라는 믿음이 깨지고 말았다. 문학판마저 상업주의가 팽배하여 그의 시적 진실은 설 땅이 없었다. 그는 깊이 절망했고, 아마도 그 절망이 그를 나락으로 밀어 넣었을 것이다. 술 취하면 슬픔마저 추방해버린 세상을 대신해서 그가 울었다. 그가 울면 함께 술을 마시던 글벗들도 덩달아 울었다. 그가 백석문학상을 수상했을 때, 신경림 시인은 심사 소감에서 박영근의 슬픔에 대해서 이렇게 말했다. "고백하건대 나는 「어머니」 「흰 빛」 「길」 「눈이 내린다」 등을 읽으면서 몇 번이고 속으로 울었다. 과연 최상의 시란 어떤 것인가. 가장 작은 말을 가지고 가장 큰 감동을 주는 것이 가장 좋은 시가 아닐까!"

그가 이 부박한 세상을 뜬 지도 벌써 십 년이 넘어가는구나!

밤하늘에 막 생겨나기 시작한 별자리를 볼 때가 있다.

그래

고통은 그냥 지나가지 않는다

아무도 없는 곳에서 혼잣소리로 미쳐갈 때에도

밥 한 그릇 앞에서 자신을 들여다보는 일이

치욕일 때도

그것은 어느새 네 속에 들어와 살면서

말을 건네지

살아야 한다는 말

그러나 집이 어디 있느냐고 성급하게 묻지 마라

길이 제가 가 닿을 길을 모르듯이

풀씨들이 제가 날아갈 바람 속을 모르듯이

아무도 그 집 있는 곳을 가르쳐줄 수 없을 테니까

믿어야 할 것은 바람과

우리가 끝까지 지켜보아야 할 침묵

그리고 그 속에서 타오르고 있는 불

이렇게 우리 헤어져서

너도 나도 없이 흩날리는

눈송이들 속에서

그래, 이제 시는 그만두기로 하자

소설가는 늙지 않는다

그 숱한 비유들이 그치고

흰빛, 흰빛만 남을 때까지

— 박영근, 「흰빛」 전문

빼앗긴 이름

5공 시절, 어느 월간지 기자였던 후배가 나에게 들려준 우스운 이야기.

서울역 근처에서 야간에 노숙자 생활을 취재하고 있었는데, 한 사내가 술 취한 몸을 흔들면서 다가와서 담배 한 개비 달라고 해서 피워 물고선 신세타령을 했다.

"내 이름은 전두환이유. 전두환이라구유."

"아, 네……."

"정말이라니깐유. 내 이름은 전두환!"

"아, 네……."

"그런데 그 이름을 빼앗겼다구유. 내가 전두환인데…… 노숙자

지원기관에서 하는 자활 사업이란 거 있잖유. 일당 벌려고 거기에 갔는디유. 명단을 작성하던 자가 나보고 이름이 뭐냐고 허길레 전두환이라고 했시유. 그러자 그놈이 대뜸 내 귀쌈대기를 후려갈기지 않겠슈. 어디서 감히 장난질이냐고, 진짜 이름을 말하라고, 내 참, 어이없어서! 진짜로 내 이름은 전두환, 이라고 대답했슈. 내 뒤에 있던 사람들이 킥킥킥 하고 웃더만유. 정말 그런지 어쩐지, 주민등록증을 보자, 허대유. 그래서 보여줬시유. 그자가 주민등록증을 보고는, 하는 말이 아무리 그렇더라도 그 이름 함부로 쓰면 안 돼! 앞으로 자활 사업 나올 때는 그 이름 쓰지 말고 그냥 노숙자라고 해. 하지 않겠슈. 허허, 노숙자, 웬 노숙자래유. 성은 노, 이름은 숙자? 이건 순전히 여자 이름이잖유. 전두환, 그 이름은 내가 먼저 쓴 건디. 정말유. 내가 두 살 더 많아유……."

노경에 접어들면서 나는 이전과는 좀 다른 삶을 꿈꾸게 되었다. 노경에서 누릴 수 있는 즐거움들이 적지 않은데, 그중 제일 큰 것이 포기하는 즐거움이다. 이전 것들에 너무 아등바등 매달리지 않고 흔쾌히 포기해버리는 것, 욕망의 크기를 대폭 줄이는 것이다. 포기하는 대신 얻는 것은 자유이다. 그 자유가 내 몸과 정신을 정갈하고 투명하게 만들어주는 것 같다. 그래서 전보다 오히려 젊어진 듯한 느낌마저 든다. 얼굴은 주름 잡혔지만 심장만은 주름살이 생기지 않는 그러한 자유로운 삶을 꿈꾸는 것이다. 허리를 굽혀 앉은뱅이 노랑 제비꽃을 찬찬히 들여다볼 수 있는 자유, 드넓은 초원에 가슴을 맞댈 수 있는 자유를 꿈꾼다. 욕망의 갖가지 소음들이 저만큼 물러난 지금 나는 호젓한 정적 속에 놓여 있다. 그 정적이 나는 좋다. 다른 삶을 위해 다시 태어난 듯하다.

봄빛 무르녹은 어느 날에
현 기 영

소설가는 늙지 않는다

초판 1쇄 인쇄 2016년 4월 12일
초판 2쇄 발행 2016년 7월 1일

지은이 현기영
펴낸이 김선식

경영총괄 김은영
사업총괄 최창규
책임편집 백상웅 **디자인** 문성미 **마케팅** 이상혁, 양정길 **크로스교정** 윤세미
콘텐츠개발2팀장 김현정 **콘텐츠개발2팀** 백상웅, 김정현, 문성미, 윤세미
마케팅본부 이주화, 정명찬, 이상혁, 최혜령, 양정길, 박진아, 김선욱, 이승민, 김은지
경영관리팀 송현주, 권송이, 윤이경, 임해랑, 김재경

펴낸곳 다산북스 **출판등록** 2005년 12월 23일 제313-2005-00277호
주소 경기도 파주시 회동길 37-14 3, 4층
전화 02-702-1724(기획편집) 02-6217-1726(마케팅) 02-704-1724(경영관리)
팩스 02-703-2219 **이메일** dasanbooks@dasanbooks.com
홈페이지 www.dasanbooks.com **블로그** blog.naver.com/dasan_books
종이 한솔피앤에스 **인쇄 · 제본** 갑우문화사

ISBN 979-11-306-0812-9 (03810)